民謡万華鏡

祭りと旅と酒と唄

佐藤文夫

作品社

民謡万華鏡　祭りと旅と酒と唄

目次

装幀◉古村奈々

民謡万華鏡　祭りと旅と酒と唄

第一部

祭りと民謡

はじめに

それは郷土に古くから伝えられた神仏の名のもとに、町や村々の道路、広場など、公的な場での祭礼を準備し、人々がともに参加し、ともに行進しうる唯一の合法的な手段であった。かつて何らの権利も持たなかった民衆が、自らの意志を伝える方法でもあった。堂々と天下の大道を練り歩き、歌い、踊り、跳ねる町衆や村の衆、笛と太鼓と鉦（かね）が行き、獅子が行く。龍が行き、山鉾（やまほこ）が行き、山車（だし）が行く。勇壮なパレード、そして優雅なパレード。

これが「コンコンチキチン　コンチキチン」の囃子も賑やかに、絢爛豪華な山鉾を曳き回す京都の祇園祭であり、「踊る阿呆に見る阿呆　どうせ阿呆なら踊らにゃ損々　エライヤッチャ　エライヤッチャ　ヨイヨイヨイヨーイ」の阿波踊であり、「郡上の八幡出て行くときは　雨も降らぬに袖しぼる　ア　ソンレンセー」の郡上（ぐじょう）踊であり、「ラッセラー　ラッセラー」の青森のねぶた祭であり、「浮いたか瓢箪（ひょうたん）軽そに流れる　行く先や知らねどあの身になりたい　キタサノサー

アー　ドッコイサノサッサ」の越中八尾の盆であり、これが「日本の祭」であった。

　このように賑やかに行列を組み、山車を連ねた雅やかな祭は、風流とよばれている。風流には、①山車・屋台・山鉾などを曳いて町々を流す。②鷺や鹿などの仮装をつけたり、花笠や傘や祭の衣装を着け、町々を楽器を鳴らし歌い踊る。③神輿をともなった祭礼の行列。④田楽など集団で田植の祭事を行い村々を歌い踊る。⑤中世から始まった踊り念仏や太鼓踊などがある。それでは、わが国のこうした勇壮活潑な、また優雅で華麗な日本の祭りはいったい、いつ頃からどんな人たちが始めたのだろうか。

「やすらい花」の行進

　養老年間（七一七～二三年頃）、花粉の飛散が疫病流行の原因とされたため、庶民が花鎮めを祈願した儀式が行われた。この疫病の退散を願った「やすらい花（鎮花祭）」は延喜年間の九〇三年頃に入ると、菅原道真など怨みを抱いた死霊を鎮撫する宮中の「御霊会」にも、この「やすらい花」の祭りがとり入れられていった。

　久寿一（一一五四）年には「神遊び」として、数十人の男女が鼓、笛、鉦で囃し、赤髪で赤い衣の鬼、黒髪の鬼、舞楽面をつけた者たちが、神の憑代としての山桜、八重椿、山吹、柳、若松を挿した大きな花傘をさして、昼夜を通して歌い乱舞した。これを時の藤原政権は民衆の不穏な動きとして禁じている。この踊りを当時の人々は、後世の阿波踊でもうたわれたように「見る阿呆、見ぬも阿呆、同じ阿呆なら見るにしかず」と称している。ここでうたわれた歌は、土地を持たぬ農民たちが解放への思いをこめた次のようなものだった。終りの「あなに志多羅恋いむ」の句には、後述する志多羅神のパレードの心を受けついだ、農民たちの思いがつよく読みとれる。

花や咲きたるや　やすらい花や
（これを三度繰り返し、上の句を音頭取り、下の句を合唱し乱拍子となる。また富草とは稲のこと）
や富草の花や　やすらい花や
や富をせばなえ　やすらい花や
や富をせば御倉の山に　やすらい花や
や富まで命をば　やすらい花や
や千代の千代をへや　やすらい花や
（以下は男女の掛け合いとなる）
（男）や坂来は田井に　鳥立つなり
や田鳥立つなり　や夜宵にきて
（女）宵にきて　寝なましかは
鳥立たまし　や鳥立たまし
（男女）や今争そわで　寝なましものを
今は思ひでて　あなに志多羅恋いむ

この「やすらい花」は洛北の春を彩り、今日でも毎年四月から五月にかけて紫野、上野、川上、上加茂で伝承され、町内を練り歩いたパレードは、今宮神社、太田神社、上加茂神社に踊り納められる。今日そこで歌われる音頭は各神社によって多少異なるが、

　ハー富草花や　インやすらい花や
　ヨーホイ　富をせばや
　ヨーホイ　なまえ　インやすらい花や
　ヨーホイ　御倉の　ヨーホイ　山に
　インやすらい花や　ヨーホイ　あまるまで
　ヨーホイ　なまえ　インやすらい花や

というようなもので、中世期の印象を色濃くとどめている。

志多羅神の行進

天慶八（九四五）年の夏、平将門、藤原純友の乱が鎮圧された後、京都に東西から神々がいっせいに入洛するという噂がたち、そのひと月後には志多羅神、八面（やおもて）の神、小藺笠（こいがさ）の神の神輿をかついだ摂津地方の農民数百人が押しかけてきた。彼らは太鼓や鉦を打ちならし、乱舞し、歌いつつ行列を組んで入洛してきた。そのとき歌われたのは、次のような童謡（わざうた）だった。

　月笠着る　八幡（はちまん）種まく　いざ　われらは荒田開かむ

志多羅打てと　神はのたまう　打つわれらが命千載（以下四首あり）

志多羅とは手拍子のことで、土地を持たない貧しい農民たちが荒れ地を開墾して自分たちの田畑としたい、という強い願望を込めたパレードであった。この時の歌舞が後に鳥名子(となこ)舞として宮中の行事にとり入れられている。この志多羅神の歌舞は、後述する京都の「田楽」や「やすらい花」とともに、のちのち全国各地の祭礼のパレード（行進）に与えた影響は非常に大きい。

田楽と田植踊り

藤原時代に編まれた『栄花物語』（一〇二八～九二年頃の編纂）、そして『今昔物語』（一一二〇～四〇年頃）に加茂の祭や近江の国矢馳(やばせ)で行われた、満作を願う田楽(でんがく)踊りのことが記されている。それによると白装束を着た男女と五六十人の農民が集まって、破れ傘をさした音頭取りの老人、田主(たあるじ)（さんばい様）のもとに、腹に羯鼓(かんこ)を結び付け両手の撥(ばち)で叩き、ササラを鳴らし笛を吹き、夢中になって歌い踊る様子が語られている。この当時、美濃地方でうたわれた田楽の歌詞は、リフレーンも囃子ことばもしっかりと備えた、次のようなものであった。

唐紅(からくれない)や　めでたき色なれば　ききそめて
ナユラヤ
田を踏め　端なる板は　危(あや)しめく
ナユラヤ

踏みとどろかし　などか言はざらむ
などか寝ざらむ　ナユラヤ
踏みとどろかし　などか言はざらむ
などか寝ざらむ　ナユラヤ

すでに奈良時代（七一〇～八四年頃）に、田楽の前身としての田舞があり、それは豊作を神に祈る呪術的な歌舞のいとなみであった。その後、田楽は農民自身が田で行う農民田楽、旅の法師が職業として行う法師田楽、本来の目的を離れ着飾って練り歩く風流田楽などに分かれていった。田植歌はその季節によって、草取唄となり稲刈唄となり、それらが今も伝わる各地の民謡となっている。舞の方は曲目とともに、次第に芸能化して各地に広がり、派手やかな花傘や花笠、さまざまな面を使用したり、段物（物語）の演目を加えたりしていった。

今日でも各地で伝承されているものに、広島県の山県郡、旧高田郡、旧加茂郡、安芸郡、旧佐伯郡など各地に伝わる「田植歌」、和歌山県「那智の田楽」、大阪「住吉の御田植」、岩手県「毛越寺の延年・田楽踊」、静岡県「藤守の田遊び」などがある。田植歌は田舞、田楽、田遊び、囃子田、花田植、田植踊などの名称で、全国六十数か所に民俗芸能として今も伝承されている。

次の広島県山県郡北広島町大朝・新庄の田植歌には、今日の民謡に通ずる歌詞がみられる。

今朝　殿の見送りに　銀の簪　落といた
落といたも道理やれ　殿に心取られた
今朝の　簪　朝草刈りが拾うた

次は、今日でも腰の羯鼓を打ちながらうたい踊る、広島県安芸高田市甲田町深瀬の田植歌である。うたい出しはゆるやかで、それに唱和する早乙女の唄が急に早くなり華やかに聴こえるという。

田の神　さんばい様を祭ろうや
さんばいさんを　お家の中に迎えよや
さんばいさんは　棚を飾りて　迎えよや
棚には七五三のしめ縄　空には五色の雲がたなびく
さんばいさんは　紫雲にのられた　嬉しやさんばい様を迎えた
(歌大工)ヤーレイ田の神　さんばい様を祭ろうや
(早乙女)ハ、ソリャソリャ
(歌大工)さんばい様を
(早乙女)ヤハーハイ　祭ろうやさんばい様を
(歌大工)ヤーレイ　祭ろうやさんばい様を
(早乙女)ヤハーハイ　祭ろうやさんばい様を

祇園祭の起源と復興

前述した「やすらい花」という祭が京都で爆発的に流行したのは、後白河天皇が即位する前年、保元の乱（一一五六年）の始まる二年前のことであった。それより二百八十七年前の貞観十一（八六九）年（東北の三陸沖に大津波が襲った年）に畿内に疫病が大流行し多くの死者を出した。これを八坂神社（祇園社）に祀られたスサノオノミコトの祟りとして、勅命により六十六本の鉾を立てて疫病退散を祈願し、洛中の大道を神輿をかつぎ御霊会を行った。これが「祇園祭」の起源とされている。もともと牛頭(ごず)天王（スサノオ）を祀る祇園感神院で祇園御霊会・祇園会として行われていたものだった。

京都の祇園祭の起源を語るさい、忘れてならないのは近江から始まり山城、大和、伊賀、和泉、河内へと波及し、およそ百年の長きにわたって頻発した「土一揆(つちいっき)（徳政一揆）」のことである。応永二十八（一四二一）年の大飢饉以後、諸物価高騰し、京都には諸国から圧政にたえかねて逃亡し、貧窮した難民が押しよせ、乞食となったり盗賊となったりしていた。そのうえ疫病までが流行し、都大路のあちこちに餓死者の死体が散乱する有様であった。相次ぐ戦乱、飢饉、天災の勃発、さらにそこに公家階級の没落と武家階級の台頭、人間同士の浅ましいまでの権力闘争が加わり、そのはざまで常に犠牲になるのが庶民たちであった。

こうした中で「土一揆」は勃発した。正長(しょうちょう)一（一四二八）年九月、京畿諸国の農民や馬借衆（馬方）らが幕府、荘園領主、守護大名、高利貸や大商人らへ、年貢の減免、奴隷的な夫役(ぶやく)の免除などの徳政を求めて立ち上がった。「日本開闢(かいびゃく)以来、土民蜂起これ初めてなり」と史書にも記された大きな一揆だった。その後、将軍足利義教暗殺の混乱に乗じて、嘉吉一（一四四一）年、山城の十六か所で数万人が蜂起した土一揆が最も大きく、その要求はほぼ全面的に貫徹している。

播磨で起こった一揆では「侍をして国中に在らしむべからず」として守護侍の国外追放宣言まで行っている。

これらの一揆で民衆側のまれにみる結束も、その後守護大名による軍隊の整備、豪商らの私兵の強化などにより敗退し、戦国時代をへて徳川時代に入ると幕藩体制の強化によって次第に衰退していった。しかしながら、乱世の時代、農民や町衆などによる一連の蜂起がめざした精神は、後世の民衆が決起した行動（郡上一揆や明和一揆など）の中に脈々と生きつづけている。

この祇園会も十四世紀初頭の南北朝の動乱や、十一年も続いた応仁の乱（一四六七～七七）、さらには文明十七（一四八五）年に勃発した大規模な「山城国一揆」により、京洛の巷も大きく荒廃し人々も疲弊し祭りは中断されていた。だがこの一揆によって、山城国は土豪や商人、名主層など三十六人衆によって国務を執行するなどの権利をえて、商人・農民・市民層は大いに力をつけることになり、この体制はその後八年間つづいた。

祇園の山鉾「放下鉾」
（『京名所と祇園山鉾』岩崎美術社より）

その十三年後の明応九（一五〇〇）年六月には、京洛の商人、職人など多くの町衆の力により、この祭りを復興させることができた。復興後は山鉾も三十六、七基となり、装飾品も南蛮渡来の織物を使用するなど、豪華なものとなった。天文五（一五三六）年には、法華一揆（比叡山と法華宗・日蓮宗の対立による京洛二十一寺を焼失）により祇園会中止の幕命が下った時、下京六十六町の町衆は「神事これなくとも山鉾渡したし」との訴状をだし、公金まで出させて祭礼を実施させている。それ以後、徐々に祇園祭の祭礼の方式は、宮中の行事の殻をつき破って、今日みられる町衆中心の祭礼となっていった（この間の状況は西口克己の小説『祇園祭』に詳しい）。

ちなみにその後の京都での争乱や大火による被災は、宝永五（一七〇八）年、天明八（一七八八）年、元治一（一八六四）年（蛤御門の変）などで、山鉾も焼失したが、中にはかろうじて土蔵に避難して免れた町もあり、それらが現在でも活躍しているという。

祇園祭は、毎年七月一日から始まり、十日の神輿洗い、幾つかの行事をへて十六日の宵山、十七日からの山鉾巡行などの祭事、そして三十一日、疫神社（八坂神社境内）で無病息災を祈願して幕を閉じる。長刀鉾から船鉾まで、三十二基の山鉾が京の大道を堂々と巡行する様は、歴史的な重厚さとともに絢爛豪華な勇壮さは圧巻で日本の祭の最たるものといえる。この祇園祭の標山・曳山・屋台・山鉾の様式は、今日の日本の都市部の夏祭りに多くみられる。たとえば博多で祇園山笠が奉納される櫛田神社は、京都八坂神社の分霊とみられ、その祭事はやはり七月一日から始まり、十五日の勇壮な「追い山笠」で終了する。ほかに祇園祭の影響は小倉、高山、津島など各地にみられる。

江戸庶民の伊勢参り

そして又　お立ちのその時にゃ
峠の峰まで送ります
峠の峰のお別れにゃ
紅葉のような手をついて
糸より細い声をだし
摂州さん左様なら　ご機嫌よう
左様なら摂州さん　ご機嫌よう
また来年や来る年にゃ
摂州さん御座るやら
御座らんやら
私がいるやら　おらぬやら
思えば涙がヨホホイ　ご連中さん
チョイトこぼれます
ヨイセコリャセ　アレワイセ
コレワイセノヨイヤナ

古くから歌われている「伊勢宿引唄」で「伊勢道中唄」とともに、『日本民謡集』の解説には「哀音嫋々（じょうじょう）として人の胸をうつ感動の詩篇」と記されている。この唄は「伊勢参り」に訪れた旅人たちを宿へ招き入れるための、いわばＣＭソングだが、何と真情にあふれる民謡だろうか。とはいえ囃子言葉には「アレワイセー　コレワイセー」と、しっかり「伊勢」という語句を入れており、今どきのテレビやラジオから、けたたましく流れる商魂あらわなＣＭソングとは段違いに美しい唄である。

伊勢の遷宮祭は二十年に一度行われるが、この時御用材を曳いて運ぶ「木遣唄（きやり）」があり、これが「ヤートコセー　ヨーイヤナー　アリャリャ　コレワイナー　コノ　ナンデモセー」の掛声でうたわれ、享保年間（一七一六〜）には、茶屋の女性たちによって古市や川崎の料亭で座敷唄として歌い踊られ、有名な「伊勢音頭」が生まれた。その後、伊勢参りの人々によって諸国へ持ち帰られ、伊勢でうたわれた唄はすべて「伊勢音頭」として伝播し浸透していった。道中唄のもつ哀音嫋々とした曲節は、もともと古市街道の「間（あい）の山」でうたわれた歌念仏の哀しい曲調であった。しかし伊勢音頭が諸国に根強く伝播していったのは、何といっても伊勢音頭の囃子言葉のもつ気風（きっぷ）のよさ、キレのよさが諸国の参詣人たちの心をとらえたからだろう。

「コノ　ナンデモセー」は、後述する幕末期、庶民の不安感、危機感、閉塞感を打ち破る「お蔭参り」と「ええじゃないか」の集団行動にも大きな影響を与えている。それは世直しのためなら「ええじゃないか」「何でもせい」という切羽詰まった庶民の心底からの叫びでもあった。

庶民の伊勢信仰は、江戸の昔から「伊勢へ七度（ななたび）熊野へ三度（みたび）、愛宕（あたご）様へは月参り」と歌い語られれてきたように、人々は森羅万象ことごとくに神々が宿り、自分たちをお護りくださると信じてきた。だから家には家の神、水や火にも、田畑や山野にも、河川や海、樹木や石にさえ神々が宿り、その神々の総氏神として、伊勢には太陽神、そして天照大神（アマテラスオオミカミ）がおられると信じてきた。しかし一般庶民の伊勢神宮への参拝は、古代から中世までは禁じられており、近世に入って初めて六十年を周期として参詣が許され、庶民も「お蔭を頂ける有難い年」として、大群衆が集団で参詣するようになる。六十年ごとのお蔭年には、どこからともなく天から御札や御幣が降ってくるという噂が広まり、やがて「お蔭参り」は庶民の間で爆発的な流行を見せていくことになる。

一方、天皇家の皇祖でもある伊勢神宮への参拝は、江戸期、国学者たちから「平民の分際で参詣するのは不遜」「御札を民家の柱に添付するなど神威の冒瀆」「分社を設け私的に祭祀するなど以ての外」とする強硬な意見もあった。にもかかわらず伊勢信仰が江戸期に入り広く庶民の中へ広く浸透していったのは、日本人に根強い太陽神信仰と後述する伊勢御師（おし）の強力なツーリストビューローとしての役割や諸国を巡業する伊勢太神楽の太夫、願人坊などの宣伝力が光っている。

とはいえ江戸期の庶民信仰は伊勢参りのほか、熊野詣、鹿島詣、成田詣、善光寺詣、金比羅詣、大山詣などもあり、「江ノ島鎌倉筑波山、香取や潮来に銚子、取り寄られる成田へも、わざわざ三日のひま費やし、妙義榛名に富士大山、ずっとのしては京大坂、大和めぐりに伊勢讃岐、遊び七分に信心三分」（『大山道中膝栗毛』天保三＝一八三二＝年刊）と記されたように、その多くは信仰心のほかに「伊勢路が見たい　せめて一生に　寄り添い一度でも」（道中唄）という物見遊山の好奇心も強かった。これらの参詣者は中四国・関西圏は申すに及ばず、北陸から関東・東北圏の商人、町人のほか農閑期には多くの農民が講中の代参者として参加し、道中は大いに殷賑をきわめた。

一揆・天災・飢饉と伊勢参り

時代は足利から戦国、徳川へと移り、苛斂誅求をきわめる幕藩体制・封建制度が確立し、庶民の暮らしはきわめて不自由で苦しいものとなっていった。だがそうした中でも庶民たちの「伊勢参り・お蔭参り」は続けられていた。この「お参り」のピークをみると、前期として慶安、宝永、享保（一六四八～一七三五）、中期として明和年間（一七六四～）、後期の文政・天保年間（一八一八～四三）、末期として幕末の慶応年間（一八六五～）とされている。

慶安三（一六五〇）年の伊勢参りは、近世に入って最初のお蔭参りとされ、この年、三月から四月にかけて箱根の関所を越えた白装束の参詣者は、一日二千百人に上ったという。宝永二（一七〇五）年の四月から五月（旧暦）にかけてのお蔭参りは、五十日間で三百六十二万人に達したといわれている。中期の明和のお蔭参りでは白衣の群衆が幟を高く掲げ、口々に「お蔭でさー抜けたとさー」と囃しつつ行進した（これが後述する「抜け参り」である）。後期の文政十三＝天保一（一八三〇）年三月中（三十日間）には、伊勢の入口にある宮川の渡船を利用した参宮者は、総数二百二十八万人余、一日平均七万六千人が数えられている。この人々が伊勢への道中で費やした金銭はというと、総額約七十八万両（現在の金額で約七十八億円）と推定される。

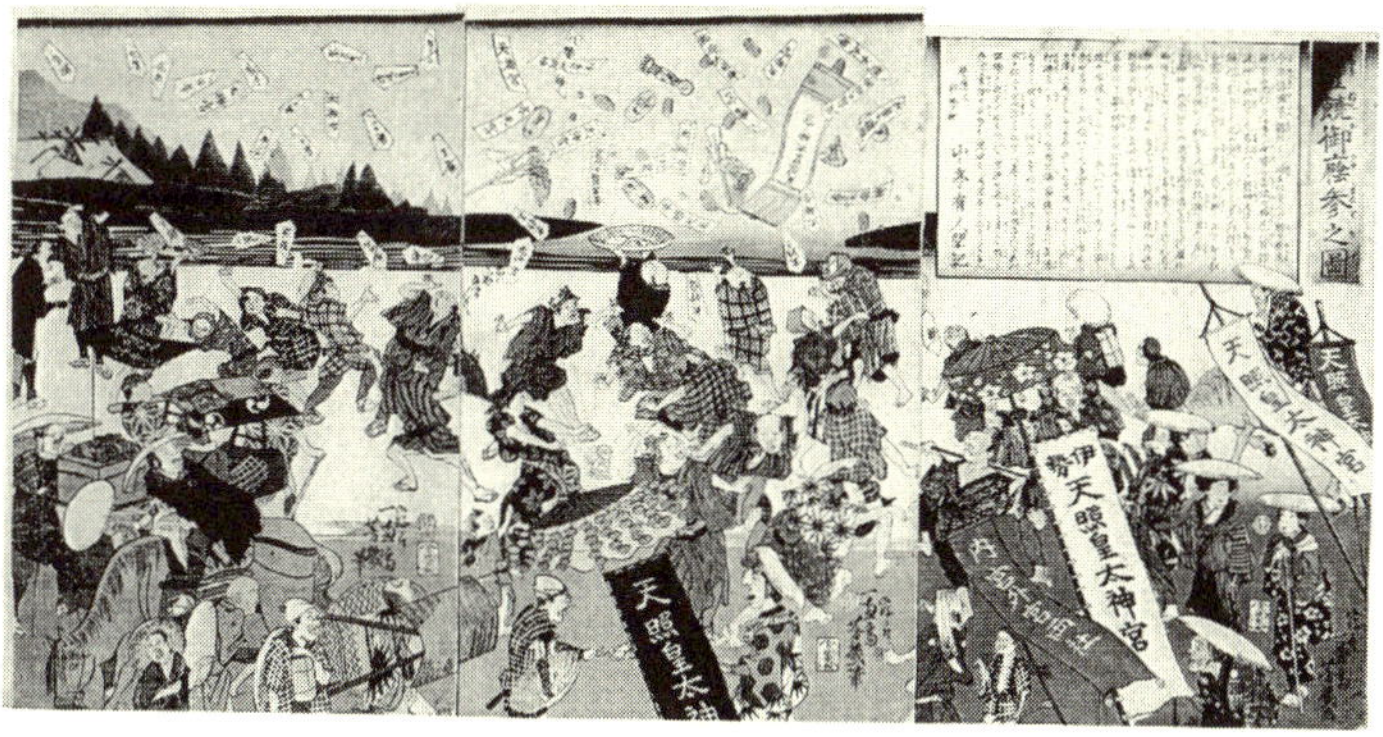

お蔭参りを描いた錦絵『豊饒御蔭参之図』（慶応３［1867］年・芳幾画）

こうした参詣ブームの一方、農村や町方にみる庶民の暮らしの実相はどうだったか。暖冬、長雨、寒気が続いた天明三（一七八三）年七月には浅間山が大爆発し、関東、東北は未曾有の大飢饉に襲われ、津軽だけでも十万二千人の餓死者をだしている。この飢饉は天明五年まで続いた。お蔭参り流行の後期にあたる天保四（一八三三）年にも天候不順や大地震があり、空前の大飢饉に襲われた。

米価は同年四月に百文で白米一升一合であったものが、秋九月には百文で五合になるなど厳しい高騰ぶりで庶民の暮らしは困窮をきわめた。そこには米穀を扱う大商人、投機筋の謀略が仕組まれていたため全国的に一揆や打壊しも頻発している。この百姓一揆や町方騒動（蜂起・強訴・打壊し・逃散など）は、天正から慶応にいたる三百年間、厳しい封建制の下で残されている記録だけでも、じつに六千八百八十九件をこえている。だが、こうした一揆への幕府側の弾圧は苛酷をきわめ、一揆指導者のほとんどが死罪などの極刑を受け、後世の人々により郷土の義民として祀られている。

厳しい社会に生きる庶民の心の底には飢饉、天災、疫病、米価高騰など、たえず生活につきまとう不安感、危機感、閉塞感があった。庶民たちのその思いが神仏への信仰心を強く深め伊勢講を組み、息災延命、家内安全、極楽浄土への思いを強く求めていったのだろう。伊勢参りは当時の庶民の生涯に一度の夢であった。

こうして始まった伊勢信仰、伊勢参り流行の立役者であった伊勢神宮の御師たちの館は、伊勢の内宮、外宮の周辺にあり、遠来の客の旅館でもあった。御師たちは諸国の町や村々に出張し御札や御幣を配り、太夫らと神楽を演じたり、村々の名主や裕福な商人を訪ね歩き伊勢講を組織し、旅行の手配をするなど諸事万端抜け目なく動きまわった。

伊勢の御師宿の料理のメニューには、ふだん食べたことのない鮑や鯛など極上品をそろえ参詣客を驚かせた。また参詣後の精進落し（しょうじん）は、伊勢の古市や川崎の料亭や遊郭で行われ、女たちの賑やかな唄と踊りで参詣客を大いに楽しませた。

伊勢神宮の外宮と内宮を結ぶ古市街道の坂道を「間の山」といい、寛文九（一六六九）年まで道の両側は墓地であったと伝えられるが、この坂道に多くの参詣客が精進落しをする場所として名高い古市遊郭があった。天明年間（一七八〇年代）には三百五十軒の商家が軒を連ね、その内七十軒ほどが遊郭で遊女が千人もいたという。古市は伊勢参りの隆盛につれ、江戸の吉原、京の島原とともに江戸期の三大遊郭として名を馳せた。この古市街道の一角「間の山」に大勢の芸人や曲芸師などが集まり、三味線を弾き、歌い踊り、稼いでいた。

その中に「間の山節」という歌念仏（出雲の阿国（おくに）が広めた）を三味線で弾き語りするお杉、お玉という人気者の姉妹がいた。彼女らは客から銭を投げてもらい、それを三味線の撥（ばち）で巧みにさばいて見せ「間の山」の名物的存在であったという。このお杉、お玉の唄が古市の遊郭・料亭（備前屋、油屋、杉本屋など）の座敷唄となり諸国へと伝播し浸透していった。これが「伊勢音頭」である。伊勢音頭は「古市音頭」「川崎音頭」ともいわれ、お蔭参りとともに流行ったので、「お蔭踊り」と呼ぶところもある。

伊勢音頭

伊勢はナー　津でもつ
津は伊勢でもつ
尾張名古屋は　ヤンレー　城でもつ
ヤートコセー　ヨイヤナー

賑わう「間の山」お杉とお玉に投げ銭する参詣人
（『絵図に見る伊勢参り』河出書房新社より）

アリャリャン　コレワイナー
コノ　ナンデモセー

帯に短し　たすきに長し
お伊勢参りの　笠の紐

馬は豆好き　馬子酒が好き
乗せたお客は　唄が好き

この「伊勢音頭」は諸国に広く伝播し、遠く伊勢から離れた越後と津軽では次のようにうたわれた。

お伊勢ナー参りで　この子ができた
お名をつけましょ　伊勢松と
ササヤートコセー　ヨイヤナ
アリャリャン　コレワイセー
コノナントデモセー
アーご祈祷（きと）ご祈祷
（越後・大和町）

昔やナー蝦夷（えぞ）地で　願人（がんにん）和尚

寝物語でヤンレー唄われる
サアサ　ヤートコセー　ヨイヤナ
アリャリャン　コレワイセー
コノ　ナンデモセー
アー住吉さんのご祈禱ご祈禱

（津軽・願人節）

「抜け参り」と伊勢音頭

伊勢神宮には、六十年周期の「お蔭参り」とは別に「抜け参り」も盛んに行われていた。「抜け参り」とは「お蔭年」ではない年に伊勢講とは関係なく、家族、奉公人が親や主人に断りなく、役所の道中手形の許可も持たず無断で参詣に旅立つことをいった。若い男女や少年少女が多く、普段着のまま、ひそかに町や村を抜け出し「抜け参り」に旅立った。

前述した慶安三（一六五〇）年のお蔭参りも、参詣者が大群衆となり歌い踊りながら道中を行進したが、この時踊られたのが「お蔭踊り」といい、後世の「阿波踊」にも大きな影響を与えている。お蔭踊りは文政末から天保初年にかけて摂津、河内、大和、箕面、池田などの町や村々に広がり、手踊りして近在の村々を行進し、踊りに参加しない者には天罰が下るなどの流言も飛んだが、この行進が年貢の減免を要求して勝ちとった例もある。

この後お蔭参りを「抜け参り」というようになった。宝永二（一七〇五）年の抜け参りは、じつに五十日間で三百六十二万人という大量の人数におよび、これは七、八歳から十四、五歳の子どもが率先して参加したのがきっかけであった。また明和八（一七七一）年の「抜け参り」は、山城から始まって北陸・中四国・関東・九州へと広がり、山城では男は加わらず、女、子ども二、三十人が一団となり子を背負い、「お蔭でさー抜けたとさー」と歩きながら唱和してパレードを行い、伊勢に向かったことが記録されている。

「抜け参り」は町村の役所から公的に禁止されてはいるものの、白装束を着て天照大神を奉じ、国土安泰、五穀豊穣、疫病退散などを祈願して参詣するパレードであったから、諸藩の役人も迂闊（うかつ）に手をだせなかった。

抜け参りは、いつしか成年としての通過儀礼として黙認されるようになり、その旅費も親や後見人たちがご祝儀として都合したり、街道筋の人々が草鞋（わらじ）代、飯代として喜捨したりした。川舟や駕籠かきまでもが料金を取らなかったという。こうして、抜け参りへの施し金は社会的には暗黙の了解となっていった。抜け参りをした奉公人を処罰した主人が、後日神罰を受けたなどの話も後を絶たず、はるばる伊勢への参詣をはたして帰郷した者たちの歓迎会さえ各所で行われたという。

こうした伊勢参り—お蔭参り—抜け参りは、封建時代、徳川幕府下では、まれに見る国民的な一大パレード（行進）であった。この中で伊勢の古市、川崎の宿場で大流行した「伊勢音頭」は、このパレードにふさわしい庶民的で明るく楽天的な曲調へと、自然に誰ともなく編曲されていった。

埼玉県児玉郡美里町駒衣（こまぎぬ）に今も伝わる伊勢音頭は、唄や口説きや手踊りのほかに、「忠臣蔵」「奥州安達が原」「義経千本桜」など、といった芝居の段物をおりこみ、歌いながら行進し当時の「抜け参り」の様子を色濃くとどめている。これらの音頭は七月二十五日、駒衣集落の八坂神社の祇園祭で「五穀豊穣・悪疫退散」を祈願して演じられている。

駒衣の伊勢音頭　目出度（めでた）
アーイめでためでたの若松様は
アーヨーイヨーイト
庭に鶴と亀　コーリャ　五葉松
ナーアヨイトヨイト
ヤレサンノセー　ヨイヤナ　アリャリャンリャン　コレワイノセー　コノサヤレサンノセー

同　将棋の駒
アーエ　わたしとお前さんは
将棋の駒でなヨイトヨイト
飛車〳〵逢わねば香車（今日）
までも　ドッコイ
わたしゃ女房の角ですよ　ドッコイ
金銀使うて下さるな　ドッコイ

王手するのがコーリャ楽しみじゃな
ヨイトヨイト

幕末の「ええじゃないか」

「抜け参り」の頻発した幕末の動乱期、誰もが平穏無事な暮らしを思い「世直し」を願っていた。「ええじゃないか」は、慶応三（一八六七）年八月から十二月にかけて、尾張、三河、遠江（とおとうみ）の所々ににわかに勃発した。それは伊勢神宮、秋葉大権現、豊川稲荷など諸国の神々の御札、御幣、それに金銭までもが宿場の商家や農家の庭先に天より舞い降りたことに始まった。この混迷をきわめる動乱の時代に、神様の御札が降ってくるのは有難いことだと、世直しの前兆として人々は連日祝宴をはり、賑やかに歌い踊りつつ近隣の神社へと練り歩いた。

「伊勢から神が降る　お蔵に米が降る　大黒の金が降る　ヨイジャナイカ　ヨイジャナイカ」（京都・網野町）。そして民衆による「ええじゃないか」の行進は、伊勢神宮のみならず近隣の神社をめざして広がり、京都、奈良、大阪、兵庫、淡路、讃岐、阿波、伊予、土佐へと広がっていった。

こんな時「長州のお蔭で　おいおい諸色（物価）も安くなる　ええじゃないか　ええじゃないか」などの唄を聞かされると、これは頻発する「抜け参り」に便乗し、作為的に伊勢神宮などのお札や御幣を降らせた討幕派の策略があったとも考えられる。しかしこの時期、市民運動的に広がった「ええじゃないか」が、民衆の閉塞感を打破し、幕府の崩壊を早めた大きな要因となったことも確かであろう。それはこの時期、薩長土を中心とする官軍が「宮さん宮さんお馬の前でひらひらするのは何じゃいな　トコトンヤレ　トンヤレナ」と歌って、江戸城へ向け幕府討伐の行進をしたのと実に対照的であった。「ええじゃないか」も「トコトンヤレ節」も幕府崩壊から明治維新へむけてのパレード（行進曲）となったのである。

「ええじゃないか」の「おふだ降り」（『画報近世三百年史　14』より）

　中山道を下った木曾の馬籠（まごめ）では「ええじゃないか　ええじゃないか　臼の軽さよ相手の好さよ　相手かわるな明日の夜も」など、地元民謡の一節を交えて歌い踊られたが、京都では派手な衣装を着飾り「えいじゃないか　えいじゃないか〇〇〇に紙張れ　破れりゃ又張れ　えいじゃないか」と卑猥な唄もまじえた行進だったり、伊勢では「さりとては恐ろしき年　うち忘れ神のお蔭で踊りゃエジャナイカ　始まりも終わりも知らぬ　この度のお蔭踊りはこれもエジャナイカ」などと歌われた。その伊勢で商家は店の前で樽酒をふるまい、また奉公人たちも太鼓、笛、三味線などの鳴物で囃したて、面をつけたり顔に墨を塗ってこの行進を迎えた。伊勢古市の料亭・備前屋では、このとき祝儀として七両三分、米十四斗分の主食をふるまったことが記録されている。

庶民にとって盆と正月が一緒にきたような「ええじゃないか」の行進は、関西、近畿、四国などの町村で一斉に沸きおこっている。このとき阿波の板野郡でうたわれた唄には「日本国の世直り　ええじゃないか」と、初めてこの幕末の動乱期の庶民の声としての世直し——社会改革への声がうたいこまれており、女装の男、男装の女、仮装の男女が乱舞し、門口から「ええじゃないか　ええじゃないかっ」と座敷へ乱入し、酒肴を施されたことも記録されている。このときの歌と踊りが「牛深はんや節」の影響を受けた「阿波踊」とも深くつながっていったのではないか。

日本の夏祭り

仏教行事としての「うら盆」が中国から入り、宮中で儀式として行われたのは六〇六年（推古天皇）旧暦七月十五日、これが「盂蘭盆会（うらぼんえ）」が宮中で行事化された最初だといわれている。しかしすでにそれ以前から狩猟・農耕社会に根ざした予祝の雨乞いや祖霊や精霊への供養などは行われていた。仏式による仏壇や精霊棚、迎え火、精進料理などで祖霊を送り迎えする「うら盆」が、夏の季節に定着したのは平安末期からであった。それは人々に地獄と極楽など死後の世界の安寧を願う仏教思想が広く伝播浸透していったことによる。また勧進のため一遍上人などの念仏僧による諸国行脚や、また出雲の阿国のような巫女や願人坊たちの諸国巡行による死者の成仏を願う念仏が唄となり、霊魂を鎮める舞と踊りが次第に洗練され芸能化されていった。

「うら盆」は時代とともに大規模化していき、古来からの予祝や鎮魂の行事などとも合体し、近世に入ると各地で火祭りや神社の境内で行われる盆踊り（念仏踊や伊勢音頭の影響を受けたお蔭踊・輪踊り）となり、精霊流しの行列など夏祭り本番を賑わせている。

この盆踊の形態をみると、
①寺社か広場の中央に櫓を組み、その上で打つ太鼓、鉦、笛、唄にあわせ円陣を描きながら踊る。
②ゾメキ・流しなどの幾組が街中を早拍子で歌い踊り騒ぐこと。
③ご詠歌（和讃）を唱えつつ踊りながら新仏の家々などを巡る。の三通りがみられる。
「舞」は体を左右に繰り返し旋回させ、舞うことによって没我・陶酔の心境にいたり、神懸かりの状態を生み出す、肉体を使ったメロディー的な自己表現である。「踊り」は、五穀豊穣を願い大地に巣くう悪霊を鎮めること。すなわち全身で大地を踏み固める所作「反閇（へんばい）」をもとに、リズム化したものである。夏祭りは笛・太鼓・鉦・三味線・唄に合わせた「舞」と「踊り」が基本で、そこに風流系の多彩な飾り物が加わっていった。

こうして夏場にくり広げられる各地の大きな祭りだけを見てみると、青森のねぶた、秋田の竿灯、山形の花笠祭、盛岡のさんさ踊、岐阜の郡上踊、徳島の阿波踊、秋田の西音馬内盆踊、九月に入って越中八尾の風の盆と続いている。

奄美諸島で八月、十五夜の晩に踊られる「八月踊」は、老若男女が広場に集まり柄太鼓を手にした連中の音頭で全員が唄を掛け合い、早間拍子で両手を高くさし上げて一晩中、柔軟に招き手で踊り明かす。じつはこの時の音頭が「奄美六調子」で、これが鹿児島、熊本（人吉、球磨六調子、牛深）、長崎（田助、五島）方面へと北上していったのが「はんや節（はいや節）」となっていった。この「はんや節」は、さらに日本海を北上する貿易船である北前船の船乗りたちによって、瀬戸内から北陸、東北、北海道まで運ばれ、港々で地元の唄と交わり、広島の「三原ヤッサ」、新潟の「佐渡おけさ」、青森の「津軽あいや節」、宮城の「塩釜甚句」、富山の「せりこみ蝶六」などなど、さまざまな民謡を誕生させていった。

阿波踊の起源

前項で、伊勢神宮へのお蔭参り（抜け参り）が、幕末期全国的な「ええじゃないか」の民衆による乱舞型行進となって展開していく様を述べた。じつはこの時の踊りが、九州方面から北上した「はんや節」の踊りとリズムと合体し、やがて阿波では「阿波踊」が形成されていく。

阿波踊でうたわれる「阿波よしこの」は、通常次のような歌詞でうたわれている。

前調子　踊る阿呆に見る阿呆
おなじ阿保なら踊らにゃ
損々
新町橋まで行かんか
来い来い

本　歌　阿波の殿様　蜂須賀公が
　　　　いまに残せし　盆踊
後調子　アーエライヤッチャ
　　　　エライヤッチャ
　　　　ヨイヨイヨイヨイ

阿波踊に、天正十四（一五八六）年、徳島城落成のおりに城主の蜂須賀家政公が武士、町人を城中に招き入れて無礼講の祝宴を張ったときに始まるという殿様築城起源説がある。しかしそれは根拠に乏しく、この歌詞は昭和の初め阿波踊を全国的に売り出すために、地元の林鼓浪氏が作詞されたもので、氏は「天正の頃、城山付近は大部分が沼地や草原で、盛んに踊りができたとは考えられない。天下泰平になった元禄年間が妥当だろう」と、この説を否定されている（『お鯉よしこの人生』橋本潤一郎著）。また天正六（一五七八）年の三好長慶の勝瑞城における「風流踊」を源流とする説のあるようだが史料的に確認されていないという。

じつはこの「殿様起源説」は、この「阿波よしこの」にかぎらず、「郡上音頭」「名古屋甚句」「桑名の殿様」「福知山音頭」など、各地の民謡の詞句にみられる。これは封建制度下の領主への領民の媚びか、へつらいとも見てとれるが、そうではなく祭りで歌い踊り騒ぐとき、無事に祭礼を終らせるために領民の考えた知恵ではなかろうか。伊勢詣り（お蔭参り）が「天照大神」の幟（のぼり）旗（はた）を押し立てて、無事堂々と行進したように「殿様印」の歌は、役人たちに領主も承知の安心感を与えたのではないか。そのほか、もともと藩制時代から地元の「精霊踊」で、祖霊を迎え騒々しく賑やかに、ともに踊り明かして供養する一名「ゾメキ踊」といわれているものがあり、それが阿波踊の中に定着していったという説で、これが一番わかりやすい。

「よしこの」と「都々逸」

ところで、この阿波踊にうたわれた歌詞は、徳島藩が文化十（一八一三）年、幕府に回答した「諸国風俗門状答」によると「文句は浄瑠璃節にて作り、節は都々逸節に似申し候」とあるように、歌詞は上方の浄瑠璃、曲節は常陸の「潮来節」の変化した「よしこの節」を源とする「都々逸節」によって作られていると報告されている。いずれも京大阪へ出向いた阿波の藍商人たちが、この曲節を持ち帰ったものだろう。

この門状答によれば、文化十三年はすでに「都々逸」は流行してたとされるが、それは寛政十二（一八〇〇）年頃、尾張熱田の宿場町（遊里）で流行した「よしこの節系」の酒盛り歌で、「おかめ買う奴　頭で知れる　油つけずの二つ折れ　そいつはドイツじゃ　ドイツじゃ　ドドイツドイツ　浮き世はサクサク」の唄の囃子ことばから「ドドイツぶし」と呼ばれた「神戸節」のことである。都々逸坊扇歌が天保二（一八三一）年、名古屋の興行でこの唄に手を加えてヒットさせ、江戸で本格的な「都々逸節」を大流行させたのは天保九（一八三八）年のことであった。

「ええじゃないか」と「阿波踊」

文政十三(一八三〇)年の落首・狂歌の類に「門の口に立ち出てみれば白き笠　阿波の徳島お蔭はじまり」とあるように、このお蔭参り(お蔭踊り)は、すでに慶安年間(一六四八〜)、徳島から始まったとされている。寛政十(一七九八)年の「阿波盆踊絵図」には、今日とほぼ似たような手踊り、足振りで三味線や扇の使いようがみられる。文化・文政期(一八〇四〜二九)に、阿波で流行した組踊(各町での仮装踊り)では、浮世又平踊、祇園会踊、越後獅子、大踊りなどを静かに流して踊ったようである。

しかし「ええじゃないか」にみられる乱舞型行進は、幕末期、阿波で始まった「お蔭踊り」が原型となっていた。慶応三(一八六七)年の年、阿波で勃発した一揆と騒乱は、農村部で八十五件、町方で二十八件もあり、いずれもお蔭参りと同様の白装束や派手な風態で、幟や旗を押し立て「世直し」を合言葉に次のような歌をうたいながら行進したという。

日本国の世直りはええじゃないか
豊年踊りはおめでたい
お蔭参りすりゃ　ええじゃないか
ハア　ええじゃないか(「阿波ええじゃないか」山口吉一氏資料)

また徳島では次のような「お蔭世の中口説き節」もうたわれた。

諸処に下りしその神々の　踏みぞ固めて揺るがぬ御世は　お蔭参りのその派手姿　四海波風おさまりて　天下泰平五穀も実り　民も豊かに皆喜びの　歌いさざめく世の賑わいを　拾い書きして世界の人に　神の恵みの貴ときことを　書きぞ止どめる世直し口説き　ヤーンレエ

（「抜け参りの研究」吉岡永美著）

神々の幟旗をかかげ、天下太平・五穀豊穣を願い、平和で幸せ多い世の中を願ったこの民衆の行進は、中世以来の「やすらい花」「志多羅神」の行進と同様、日本の民衆が公然と天下の大道を集団で示威行動した歴史的な事件であった。

阿波踊への藩、国からの規制

とはいえ、幕藩体制のご沙汰のきびしいさなか、各藩ではそれぞれきついお触れをだし、「笛や太鼓など音曲・歌舞の禁止」を発令している。たとえば、寛永十八（一六四一）年「風流踊の禁止」、貞享四（一六八七）年「路上踊の禁止」、文政五（一八二二）年「カンカン踊の禁止」などのほか、「富士講」（江戸庶民の富士信仰で富士詣には集団で白装束で行進した）が、寛政、享和、文化、天保、弘化年間に、また嘉永年間には数度「木魚、題目」も禁じられている。禁止令はでなかったが、安政五（一八五八）年には「よさこい踊」が流行し、慶応三（一八六七）年には前述した「ええじゃないか（お蔭踊り）」が流行、これらの動きは所によって一揆、打ち壊しがともなった。

すでに幕末期、年中行事化された民衆の祭の行進（パレード）が、飢饉や凶作、悪徳商人による米の買い占めなど、何かの拍子に暴徒化し一揆打ち壊しに走るのを恐れ、各藩では行事の中止、禁止を発令している。阿波の徳島藩ではこうした禁止令はことのほか厳しかったのではないか。寛文十一（一六七一）年の触れ書では、とくに侍は屋敷内での踊りはよいが門は閉めて、寺社には駆け込まぬようにと禁足令が出され、貞享二（一六八五）年の触れ書では藩の治安対策上、「踊り子の笠、頭巾、覆面を禁じ、家の内から踊りを覗き見すること、夜半以後の踊」も禁じている。

大正期の阿波踊・小松島・千歳橋上の踊り子

その三年後の元禄一（一六八八）年の触れ書では「十五歳以下の子どもは頭巾、覆面、手ぬぐいを用いること」と追加されている。元文四（一七三九）年には治安と風俗の規制がさらに厳しくなり、この世相を反映して盆踊りもまた一段と規制されていく。こうした規制を犯すものがいないか、踊りの雑踏の中で目を光らせ、取り締まる町目付の一行があった。この一行は「お通り」と称して踊りに興じる人たちに恐れられた。

さらに寛政十二（一八〇〇）年には、歌舞伎同様の仕組、派手な飾り物が規制され、それ以降「組み踊り」の全面禁止、他家に雇われて踊ること、異様な風態、緒道具の使用、刀、脇差の所持」が禁じられ、さらに見物人の中に不審な者がいたら届け出ることなども要請されていたが、天保十二（一八四一）年、この禁令を破った十一代藩主の子で千石取りの中老、蜂須賀一角が捕らえられ御家断絶になるという事件も起こっている。一角は「お通り」の取り締まりによって逮捕されたのだった。

　この天保十二年の暮れは、三好郡山城谷の煙草農民六百一人が、隣の伊予今治藩に逃散したことが原因で、またたくまに三好、美馬、麻植（おえ）、阿波、板野の各郡に、打ち壊しや一揆となって広がった年でもあった。その四年前には大阪で大塩平八郎の乱があり、とくに美馬郡脇町はその平八郎の郷里であり、徳島藩としては治安には格別の警戒心を払っていたことも、阿波踊への特別の規制強化となって現れたのだろう。

　明治・大正期に入って阿波踊が中止されたのは明治で十回、大正で二回あった。原因は日清、日露の戦争、伝染病の流行、経済不況などがあるが、とくに明治政府が富国強兵―国家主義へと急激に傾斜していく政局を反映して、阿波踊もまた風俗紊乱として非難する風潮が強まっていった。これに地元の一部の新聞社も同調するなどが中止の一因となっている。にもかかわらず阿波踊がとくに盛大だったのは、日清、日露の戦勝記念、天皇即位の祝典に乗じて行われた時だったという。賑やかな三味線、鉦や太鼓で、若い女がねじり鉢巻き、印半纏で胸元をひろげ、太股まで露出した腿引き姿で男の中に混じってともに思いきり踊り跳ねる。それは庶民の重苦しい閉塞感と威圧感を一気にはねとばした、あの幕末の「ええじゃないか」の民衆の熱気のよみがえりであったのかもしれない。

しかし今、徳島の各踊り連（商業連、職域連、学校連など）が華やかに繰り出す阿波踊のパレードを眺めゾメキ囃子を聴いていると、一瞬この祭りの狂騒のなかから、何か寂しくも哀しげな曲調が聴こえてきてならない。それはこの祭りもまた祖霊の供養、亡き人の冥福を祈るため、この土地に延々と受け継がれてきた厳粛な祭事だったからであろう。

郡上踊

郡上節　かわさき
郡上のナー　八幡
出て行くときは　ハ　ソンレンセ
雨も降らぬに　袖しぼる
袖しぼるノー　袖しぼる
ハア　ソンレンセ
雨も降らぬに　袖しぼる

これは「郡上音頭」といわれ、岐阜県郡上市八幡の盆踊り唄で、伊勢音頭（川崎音頭）が地元の臼挽唄に転化したものといわれる。郡上踊には「川崎（かわさき）」「三百」「春駒」「松坂」「ヤッチク」「げんげんばらばら」「猫の子」など十種目がある。京都の八坂神社の祇園祭に因んで七月十日から流し踊りが始まり、「うら盆」の八月十三日から四日間行われる「徹夜踊り」で最高潮となる。祭りはさらに十七日から九月四日の踊り納めまでつづく。奥美濃の水清き城下町で華やかに繰り広げられる夜祭りは、その風情と熱気を愛する全国からの観光客で引きも切らない。ところで、ここで唄われる「かわさき」の歌詞の中に「郡上の殿様　自慢なものは　金の弩俵(どひょう)に七(なな)家老」と唄われているように、宝暦八（一七五八）年に丹後宮津から新しく赴任した藩主の青山幸通(ゆきみち)が、民心の融和をはかるために奨励した踊りだと伝えられている。しかし真偽のほどはどうか。「阿波踊」の項でものべたが、これも一種の「殿様起源説」で、封建制度下で庶民が安心して踊るために加えた「殿様印」の唄のようにも思える。

　この宝暦の九年間に起きた百姓一揆は、全国的にも百四十一件と多く、この郡上藩だけでも宝暦四（一七五四）年八月、翌五年七月、七年三月、八年二月と大規模な百姓一揆が勃発している。ことに八年に再発した一揆は、決死の庄屋たちが江戸へ赴き老中への駕籠訴(かごそ)におよび、評定所で吟味の結果、藩主金森頼錦(よりかね)は南部藩へお預け、領地召し上げ改易の沙汰となり、五年越しの騒動も百姓衆の大きな犠牲の上に一段落した。これが郡上一揆とよばれる。この一揆で百姓側の四人は獄門、十人が打ち首となった。その後、明和（一八六四〜）の頃から今日に至るまで、一揆の犠牲者は郷土の義民として顕彰され、郡上市内、また周辺の町村に多くの宝暦義民碑が建立され、毎年八月上旬には「宝暦義民祭」が開かれている。

　義民といえば、郡上節「ヤッチク」の中にも、

　　アラヤッチクサイサイ　聞くも哀れな義民の話　時は宝暦五年の春よ　所は濃州郡上の藩に

領地三万八千石の　その名は金森出雲守は　時の幕府のお奏者役で、派手な勤めにその身を
忘れ　今日も明日もと栄華にふける（以下略）

と歌われており、私には前記した「雨も降らぬに袖しぼる」の歌詞は、この一揆で村人たちの総代として命がけで江戸へと下る七十三人を、峠で見送る時、村人たちがうたった唄ではなかろうか、とも思えてくる。通説としては馬市として名高い郡上の宿場で、後朝（きぬぎぬ）の別れに遊女がうたった唄だとされている。しかしこの唄の出典として、明和九（一七七二）年に編纂された民謡集『山家鳥虫歌』〈常陸〉に「潮来出てから牛堀までは　雨も降らぬに袖しぼる」があり、これも当時、船客で賑わった潮来宿の遊女が、客との後朝の別れを惜しんでうたったとされている。新潟の「岩室甚句」の一節にも「石瀬でてから久保田の橋で　雨も降らぬに袖しぼる」があり、ここにも「蝸牛蝸牛（だいろだいろ）　角出せ蝸牛　角を出さぬと　曾根の代官所へ　申し付けるが　いいか蝸牛」の歌詞がうたわれ、それは百姓に運上米を差し出せの意味（『日本民謡集』）であるという。この越後でも宝暦から明和年間にかけて百姓一揆が絶えなかった。郡上踊でうたわれる「雨も降らぬに袖しぼる」の歌詞に出会うと、私にはどうしても当時の農民の窮状、その犠牲者を見送る哀しい旋律が、胸にこみ上げてきてならない。

参考文献
『日本民俗大辞典上・下』吉川弘文館　『日本民俗芸能事典』第一法規　『日本の祭り文化事典』東

京書籍　『民俗の事典』岩崎美術社　『伝統芸能の系譜』本田安次　錦正社　『祭礼と風流』西角井正大　岩崎美術社　『大田植の習俗と田植歌』牛尾三千夫　名著出版　『日本の古典今昔物語・巻二八』小学館　『民謡の歴史』松本新八郎　雪華社　『大飢饉、室町社会を襲う』清水克行　吉川弘文館　『京名所と祇園山鉾』田中泰彦　岩崎美術社　『祭と芸能の旅・近畿』ぎょうせい　『近世義民年表』保坂智編　吉川弘文館　『日本音楽文化史』吉川英史　創元社　『民俗小事典・神事と芸能』神田・俵木編　吉川弘文館　『俚謡集』文部省　国定教販

『日本民謡大事典』浅野健二編　雄山閣　『日本民謡辞典』小寺融吉　名著刊行会　『藤岡屋ばなし』鈴木棠三　三一書房　『三田村鳶魚全集・9・15・20』中央公論社　『日本民謡集』町田・浅野編　岩波書店　『日本史総合年表』吉川弘文館　『民衆運動の思想』庄司・林・安丸編　岩波書店　『踊り念仏』五来重　平凡社　『江戸情報文化史研究』芳賀登　皓星社『江戸期の社会実相一〇〇話』日本風俗学会編　つくばね舎　『芸能・文化の世界』横田冬彦　吉川弘文館　『義民』横山十四男　三省堂　『百姓一揆と義民伝承』横山十四男　教育社　『絵図に見る伊勢参り』旅の文化研究所編　河出書房新社　『おかげまいりとええじゃないか』藤谷俊雄　岩波書店　『伊勢信仰Ⅱ近世』西垣晴次・雄山閣　『ええじゃないか』西垣晴次　新人物往来社　『宿場と街道』児玉幸多　東京美術　ＣＤ『越後魚沼民謡選曲集』水落忠夫　『日本民謡大観・近畿編』日本放送協会編

『百姓一揆の年次的研究』青木虹二　新生社　『はいや・おけさと千石船』竹内勉　本阿弥書店　『民俗の芸能』三隅治雄　河出書房新社　『都々逸坊扇歌の生涯』高橋武子　叢葉書房　『どどいつ入門』中道風迅堂　徳間書店　『お鯉よしこの人生』橋本潤一郎　徳島新聞社　『阿波おどり』三好昭一郎　檜瑛司　徳島新聞社　『阿波の民謡』広瀬志津雄　小山助学館　『詩と民謡と和太鼓と』佐藤文夫　筑波書房　『日本の祭』週刊朝日百科⑦⑧　『日本民謡大観・四国・中部』日本放送協会編　『郡上の立百姓』こばやしひろし　静文堂

よみがえれ！　新保広大寺節

その民謡の序奏がはじまると、もう私の胸ははずんではずんで、どうしようもなかった。まだ一歳半の孫も体を揺りうごかして、そのリズムに対応していた。私がこの越後の「新保広大寺節」の不思議な魅力にひかれたのは、その唄のもつ底抜けの明るさ、素朴なたくましさ、民衆の喜怒哀楽をこめた日々の暮らしの声が、その唄の奥底からズシリと聞こえてきたからにほかならない。

しかもこの唄には、そのバリエーションともいえる「神楽広大寺」「こまか広大寺」「広大寺くずし」などがあって、それぞれの詞曲がじつにユニークな展開をみせている。

さらにこの唄は、その発生以来、瞽女さん、願人坊、旅芸人などによって、各地に運ばれ、上州では「八木節」、津軽では「じょんがら節」、北海道で「道南口説」、関東各地の「殿さ節」「飴売り唄」「小念仏」「万作踊」などとして、また越中五箇山の「古代神」などとして、それぞれの土地に根づいていったことも見のがすことはできない。「新保広大寺節」は、いわばこうした各地で育った民謡の源流でもあった。

この唄の発生と展開

もともと民謡の発生は、農業、漁業、林業など庶民の生産の場から生まれてくるか、それに付随する神事・信仰などから生まれてくるのが普通である。しかしながら、「新保広大寺節」の発生は、それらとはいささか異なり、この唄には初めからつくられた動機と目的があった。

この唄は、新潟県中魚沼郡下条村新保（現・十日町市下組新保）にある広大寺という禅寺（開山は足利時代の一四八八年）に起因する。それには二つの説があり、まずその一つは元禄年間（一六八八〜）同寺の五代目・廓文和尚（一七〇〇年没）が、門前の豆腐屋の若後家（娘ともいわれる）お市に頼まれ、彼女にしつこく言いよる庄屋の弟・平次郎をきびしく説教したのが事件の発端となった。平次郎は和尚を恨み、瞽女のおタケに金を握らせ廓文和尚の悪口を、村中にうたいまわらせたのが初めだという。

一方、寛政年間（一七八九〜）の十四代目の白岩和尚説によれば、広大寺と地元のちぢみ問屋・最上屋との土地争いが原因であった。下条村の庄屋、藤田家からみつかった庚申帳（寛政十二＝一八〇〇年）によると、寛永六（一六二九）年信濃川の大洪水によって、右岸の中洲に大きな耕作地ができ、それ以降この土地の境界をめぐって、地元では激しい争いがおこっていた。右岸の寺島新田（広大寺の所領）と隣接する上之島新田（最上屋の所領）との争いであった。寛政五（一七九三）年、この争いは流血の訴訟騒ぎになり、広大寺側にたいし最上屋側は瞽女、座頭、

越後瞽女（寛文年間・菱川師宣画「和国百女」より）

願人坊、飴売り、かわら版売りなどに金をだし、各地で寺を大いに誹謗中傷する唄をうたわせるという挙にでた。

当時のマスコミを総動員しての、集中砲火をあびた白岩和尚は、寛政七（一七九五）年このことを苦にし、最上屋を恨みつつ病死（一説には自殺）して果てた。そして訴訟の結果は、最上屋の勝利に終わった。竹内勉氏の『じょんがらと越後瞽女』（本阿弥書店）によると、後日談として和尚の死後、最上屋にはさまざまな不幸がかさなり、そのため最上屋は和尚の祟りを鎮めるため、享和二（一八〇二）年追善供養を行い、以後和尚の命日には必ず回向を行ってきたという。ちなみに十日町の最上屋跡地は、現在では北陸銀行が建っているとのことである。天明四（一七八四）年の飢饉時には、江戸ではこの唄が大流行し、さらに天明七（一七八七）年には滑稽本『新発幸大寺不実録』*や黄表紙本『新補幸大寺噺』『巷街贅説』などが続々発行されている。

広神村と塩沢町で聴いた「新保広大寺節」

現在「新保広大寺節」は、この唄の発祥地の十日町市はもちろん、旧魚沼三郡、私の訪れた小千谷市、大和町、塩沢町、広神村でも、期に応じてうたわれ踊られている。私が水落忠夫氏（大和町在住）に案内されて訪れた北魚沼郡広神村・中家の民芸保存会（会長・茂野正平氏）では、その夜とくに公民館に、唄い手と踊り手と伴奏者の十数人の方々が、「広大寺」「神楽広大寺」「こまか広大寺」の三種類の「新保広大寺節」を披露してくださった。ここの保存会の誕生は、昭和三十四（一九五九）年の春で、今年（二〇〇三年）は創立四十四年だとのことである。踊り手は赤い肌襦袢、豆絞りの手拭いでキリッと鉢巻きをして、唄い手、三味線、小太鼓、尺八、鉦とともに、熱気にあふれこの踊りを盛り立てていた。そこには、いかにも山里らしい野趣あふれる色気と、しっとりとした情感があふれていた。ここの「こまか広大寺」は、わりとスローテンポで、おおらかにうたわれ歌詞が聴きやすい。何よりも演奏者と踊り手が一体となり、やさしさと思いやりにあふれ、この唄と踊りを心から楽しんでいるように思えた。

この広神村では、三月に「第三十回民俗芸能発表会」が開かれ、全演奏曲目五十七曲中、二十六曲が「村の伝承芸能」（花笠追分、よしよし、松舞、伊勢音頭など）で、そのうち十曲が「広大寺」「おかめ広大寺」「四ッ谷広大寺」「こまか広大寺」である。かつて明治から大正の頃に、「金五郎神楽」の一座が、この村に伝えたものだという。広神村・中家ではおそらく日頃からもっとも熱心に、この唄をうたい踊っているようにみられた。ちなみにここではかならず毎週土曜日の夕には、保存会の全員が公民館に集まって、伝承芸能の練習に励んでいるとのことである。

その前日は、「新保広大寺節」の名人位をもたれている水落忠夫氏と塩沢町の田村忠文氏を訪れ、氏の唄と忠文さんの（瞽女風）三味線で、「広大寺くずし」と「新保広大寺節」を聴かせて頂いたばかりであった。田舎節に徹した炉端の深い味わいと、越後の銘酒のような良質のコクのよさが伝わってくる。最近の民謡では、こうした節回しはなかなか聴くことができない。めずらしく貴重な唄はこびであった。

現在うたい踊られている「新保広大寺節」の種類

魚沼三郡を中心に、現在、流布しているこの唄と踊りを列挙してみよう。

新保広大寺……七七七五型の元唄。

神楽広大寺……伊勢大神楽の一座が手踊唄としてもち回ったもの。広神村のものも同系列。十日町市新水（しんずい）と同じく赤倉にもあるが、地元では「広大寺」に遠慮して、当て字として「皇太神宮」の「皇太神」を使っているという。

こまか広大寺……字あまり広大寺。七七七五型ではなく七七の反復型。瞽女や願人坊（がんにんぼう）などが門付けでうたうとき、短詩型では間がもてぬため、七七を反復して長編の唄にした。「兵庫口説」が流入したものか。（「広大寺くずし」も「こまか広大寺」もほぼ同型。）兵庫口説は宝永~享保年間（一七〇四~一七三五）に関西で流行した盆踊りの音頭である。これには「えびや甚九」と「赤間関・坊主落とし」の二曲があり、後者は諸国の盆踊りの口説唄として流布したとある。（藤田徳太郎著『日本民謡論』）

おかめ広大寺……六方広大寺、四方広大寺などとともに、十日町市での同唄の演目であるが、多様な面をつけたりする演出上の違いがあるという。

棒振り広大寺……小千谷（おぢや）市大崩の天台宗・龍学院に伝わる「棒踊り」をヒントに、地元・小千谷民謡「穂波会」の会長である田中一男氏が、五十年ほど前に考案された振付である。氏はかつて、津軽手踊りの名手・石川義衛社中の三味線で、「津軽じょんがら節」をこの「棒振り広大寺」で踊ったとき、そのあまりのピッタリ感に、同席していたものひとしく感嘆したという。二人一組、それが時には五、六組で、勇壮活発に棒を打ち合う踊りとなっている。曲は「新保広大寺節」で踊られる。

熊狩甚句……北魚沼郡湯之谷村で。

笹神古代神……北蒲原郡笹神村で。

おかめさ……岩船郡関川村で。

梨平古代詞……中・西・東の頸城（くびき）地方で。

「新保広大寺節」の元唄と「広大寺くずし」

ところで、この「新保広大寺節」の元唄は、いったいどこからやってきたのであろうか。前出の竹内勉氏の著書によると、さまざまな要因から考えて、それは高田瞽女の門付け唄「こうといな」が元唄であるという。往昔、瞽女さんたちが最上屋に依頼されて、広大寺の悪口唄をつくるため、急遽、替え歌として、多少の編曲を加えてつくられたのではないかと、氏は考察されている。この唄の歌詞は、二連の下の句をリフレーンするところに特徴があり、これは高田瞽女のうたう門付け唄「かわいがらんせ」も同様で、あきらかに瞽女さんたちの唄がその底流にありそうである。

「こうといな」の歌詞――「花はエー花は折りたし梢は高し／花に心をくれてきたエー」「成るはエー成るはいやなり　思うは成らず／とかくかなわぬ浮き世かなエー」「取るとエー取ると白波打ちかけられて／濡れて帰らぬ客やもないー」

高田瞽女の杉本キクエさん（明治三十一＝一八九八＝年生まれ）がうたったこの唄は単調ではあるが、瞽女さんたちの生活実感が、温かい情感となってあふれでてくるようだ。よくもこの短い歌詞の中に、自然に流露する人間の心の叫びをうたいこんだものである。この唄は別名「クロゴメの唄」ともいわれていた。日の短い秋は、訪れる先々の農家は慌ただしく臼引きをしており、そこで与えられるのが「クロゴメ」であったからだという。このリズムと曲調ならば、替え歌の

「新保広大寺節」を作るのは、いとも容易であろうと思われた。

もう一つの「こまか広大寺」「広大寺くずし」の方は、前述したとおり、「兵庫口説」の影響が大きくみられる。「口説」の原型は、古く歌祭文、歌説教から浄瑠璃にまでさかのぼる。そこから「ちょんがれ」「ちょぼくれ」「口説」が発生してきた。「口説」は短い節回しを、何回も何回もくり返し、くどいほどうたうところから「口説」と名づけられたという。盆踊りにはこの単調なくり返しの唄がピタリとあったために、大いに広がっていったものと思われる。

「新保広大寺節」は各地でどのように受容されていったか

こうして天明年間（一七八一〜）、越後はもとより北陸各地、東北、関東、飛騨方面まで、この唄は瞽女さん、神楽師、飴売り、旅芸人などによって、広く流布していった。唄は各地で定着し、新しい歌詞をつけくわえ、曲節もまた変化しつつ、その土地の民謡として納まっていった。「新潟甚句」は盆踊りのとき、夜ふけ万代橋の橋げたに踊り子の下駄が響いて、大変いい感じだったそうだが、それが座敷に入ると酒樽を叩いて踊るようになった。おそらく上州の「八木節」も、越後から瞽女さんが「広大寺くずし」（殿さ節）を持ちこんだとき、そのリズムに合わせ地元の醤油樽を叩いて、うたい踊るのが流行ったのだろう。

天保四（一八三三）年の大飢饉のとき、越後で次のような瞽女の「口説」が流行った。

「（前略）姉はじゃんか（アバタ）で金にはならぬ　妹売ろとてご相談きまる　妾しゃ上州に行っ

てくるほどに　さらばよさらばよ　お父やんさらば　さらばさらばよ　お母さんさらば　（略）
新潟女衒にお手をひかれ　（略）やっと着いたが木崎の宿よ　木崎宿にてその名も高き　青木女郎衆というその家で　五年五か月五々二十五両で　長の年季を一枚紙に　封とられたは口惜しはないが　知らぬ他国のペイペイ野郎に　二朱や五百で〇〇されて　美濃や尾張の芋ほるように五尺体の真ん中ほどに　鍬も持たずに〇〇〇〇　口惜しいな」これは田辺尚雄著『明治音楽物語』からの引用だが、町田嘉章編『日本民謡詞華集』にも「（前略）この八木節は八木で出来たのかといえばそうではなく、この八木から二宿程西の群馬県新田郡木崎宿が矢張り例幣使街道の一駅で遊郭があり、某所の或る家に越後から売られて来ていた女がクドキ節が上手で、それを村民が覚えて盆踊唄とした（以下略）」と書かれている。この両氏の著書が一致したところから「八木節」の発生が見えてくるようだ。

さらにこの「広大寺くずし」は、津軽では「じょんがら節」、北海道で「道南口説」、関東各地で「殿さ節」「万作踊唄」「小念仏」「おいとこ節」、富山、岐阜で「古代神」などに生まれ変わっていった。この唄の流転の一部始終は、前記した竹内勉氏の著書に、きわめて実証的に精細にのべられているので、ぜひご一読をお勧めしたい。

「新保広大寺節」のさまざまな歌詞について

まず江戸期（文化四＝一八〇七＝年）に刊行された『弦曲粋弁当』に、上方の流行唄として

「しんぼからだい寺」が掲載されている。「しんぼからだいじは　おまえさんのことかえ　あかい衣にしゅすのけさ　手にはすいしょうのじゅずをもち　こんしたおらくげな　おしょうさんなんよ」。次に文政五（一八二二）年刊行の『浮れ草』には「新保広大寺は　なんで気がそれた　盆の踊りにおこゆを見染め　それから深ぅ馴染んで　檀家廻りも　おろそかに　内の本尊さま　質でしまうた」。この他、天保十（一八三九）年の『梅玉遺響』、安政六（一八五九）年の『改正はうた袖鏡』、万延元（一八六〇）年の『色葉韻歌沢大全』などにも収載されている。

　また昭和初期まで越後の瞽女さんたちは、「新保広大寺が　めくりこいて　負けた　袈裟も法衣も　質におく」とうたっていた。しかし巷間ではひそかに「新保広大寺　寺の御門の先　昼間でも淋しい　お市女子でも　夜さえ通うた」「新保広大寺坊主　お市のチャンコなめた　口もすすがずに　お経を読んだ」「新保広大寺が　お市のチャンコなめた　なめたその口で　お経読む」「新保広大寺が　なんで気がそれた　お市毛饅頭で　気がそれた」「新保広大寺の　和讃の中に　色という字が　二字ござる」「新保広大寺は　めくりこいて負けた　袈裟も衣も　みんな取られた」などと、卑猥な悪口唄がうたわれていた（引用句はいずれも囃子ことばを省略）。だが今日まで、広く各地へと流布していった「新保広大寺節」の歌詞のなかで、こうした広大寺の和尚自体を、誹謗中傷するたぐいの歌詞は、むしろきわめて少ない。

　各地に坊さんをテーマにした、おどけた唄もけっこうあるにはあるが、この「広大寺」の唄ほど「和尚追い落とし」の悪意があからさまではない。たとえば石川県金沢の「野々市音頭」では「ここは九州　赤間が関の　よろず小間物問屋の娘　歳は十七その名はお杉」が、地元円浄寺の和尚に夢中になり、和尚もついほだされて、二人で夜明けまで飲み合ってしまうという他愛のない話となっている。以下は和尚とお杉の掛け合いの唄である。

「（前略）お杉ようきけ大事のことじゃ　出家落とせば奈落へ沈む　たとえ奈落へ沈もとままよ　掛けた念なら落とさにゃならん　お釈迦様さえ落とせば落とす　さあさ行くまいか円浄寺さまよ　竹を見かけて雀がとまる　梅を見かけて鶯とまる　森を見かけて鳥がとまる　船をみかけて船頭がとまる　和尚みかけてお杉がとまる（後略）」

　このお杉の理詰めに、つい和尚も落とされてしまう。この「野々市音頭」の「和尚おとし」こそ、「こまか広大寺」の項で前述した「兵庫口説」の「赤間関坊主おとし」であろう。この和尚攻略の唄は「新保広大寺」の〈和尚おとし〉とも大いに関わりがありそうである。こうした坊様をいましめる、次のような唄もうたわれていた。

「坊さま山の道は高低（たかひく）あれば　儒者も学者も踏み迷う」「坊さま山の道ゃ衣がすれる　衣すれてもわが道ゃすれぬ」「岩船地蔵は頭がまるい　鳥とまれば投げ島田」（上総・ぼさま唄）、「土佐の高知の播磨屋橋で　坊さんかんざし買うをみた　坊さんかんざし買いそうなことよ　瞽女さん眼鏡を買うをみた」（高知・よさこい節）、「坊主頭に味噌すりかけて蛸の泥あえどでごんす」「坊主山道破れた衣　行きも戻りも気にかかる」（福岡県京都郡）

「新保広大寺節」の発生がどうあれ、曲調の面白さ、単純明快さが聴衆にアピールしてさまざまな変容をとげ、各地に流布、定着していった。そうなると唄はこうした誹謗中傷をはなれ、自由自在にそれぞれの土地で新しい歌詞と曲節を獲得している。

「これの屋敷は、めでたい屋敷、黄金、切窓、銭簾」（小千谷）「ちゃらりちゃらりこと　雪駄の裏は　金がなくなれば　切れたがる」「おらが隣りでは良い婿もろうた医者で博労で鍛治伯楽で大工なされば木挽きさんもなさる　悪いことには餌差しが好きで　餌差し一番伊達衆じゃないか（略）」（塩沢）「揃うた揃うたてば　踊りの子どもが揃うた　中で四、五人よく揃うた」（藪神村）、「明けの烏に茗荷を食わせ時を忘れて鳴かぬよに」（板倉村）、「桔梗の手拭いが　縁つなぐならば俺も染めましょ　桔梗の形」（柏崎）、「器量よいがとて自慢をするな　山の奥山その奥山の　岩に咲いたる千両の椿　なんぼ見事に咲き揃うても　人が折らねばその木で散れる　花は散れても気は残る」（藪神村・こまか広大寺）

この唄に未来を！　よみがえれ日本の名民謡

今日でも自らの政敵や宿敵を追い落とすのに、こうした色事をネタに相手を失脚させたりする手法は変わっていない。そのために新聞、週刊誌、ラジオ、テレビなどのマスコミが絶大な効力を発揮する。

このマスコミに相当したのが江戸期では、瞽女、門付芸人、願人坊やかわら版売り、飴売りなどであった。門付して歩く哀れな盲目の老女が、そんな大それた出鱈目をいうわけがない。江戸はじめ各地の人々は、これら瞽女さんの唄を即座に、素直に信じたにちがいない。新保広大寺の事件もまた歴史的には、こうした誹謗中傷事件の範疇にはいるものであろう。それが二百年も昔、越後のこの山里で行われたのである。その後、当の最上屋も非を悔いて、白岩和尚の命日での回向を欠かさず、昭和の初期まで続けられたという。

昭和四十三（一九六八）年十月、竹内勉氏が十日町の広大寺を訪れ、当時の鈴木全機和尚の許しをえて、地元の老人たちがその本堂で「新保広大寺」をうたったときから、はじめてこの唄は十日町で、人前で堂々とうたわれるようになった。それまで地元の人は「新保広大寺」はいい唄だが、この唄をうたったり踊ったりすることによって、お寺さんに迷惑がかかるのではとか、町の恥をさらすようなものとして、暗黙の「禁じられた唄と踊り」としていた。

十日町市の「新保広大寺節保存会」の村山里司会長にうかがうと、今年（二〇〇三年）が会創立（一九七三年）の三十周年だという。そしてこの唄は昭和五十九年、十日町市指定の「無形民俗文化財」として、公に認められるようになったのである。この古民謡にして、保存会がなぜ創立三十年？　と思われたが、そのわけはここにあった。村山会長の話によると、今では会として当然、力を入れてこの唄と踊りの普及にも努めているが、戦前には一般には公開されていなかったとのことであった。

私は六月半ば同寺を訪れ、和尚の奥様に教えられ自然石の三基の墓に詣でることができた。そこにはかの廓文和尚も、白岩和尚も、昭和の全機和尚も眠っておられる。今、それぞれいかなる思いをお持ちであろうか。墓前にたって、私はしばし感無量であった。

さて「新保広大寺」における、きわめて作為的な悪口唄は、すべて今日もはや時効となったとみるべきだろう。私は今やこの唄から、作為的な誹謗中傷の部分は、すべて二百年前の茶番劇として拭い去って考えるべきだと思う。そうすることが、地下の和尚さんたちにも最上屋さん一族にも喜んでもらえることで、過去の事件とはまったく関係のない楽しく明るい曲調、たくまざる庶民生活をうたい踊る「新保広大寺」をこそ、ぜひとも普及し継承していただきたいと思う。

そのため県下各地に散在する「新保広大寺節」の唄と踊りを、郷土芸能、民俗芸能の継承発展という立場から、さらには貴重な日本民謡の原点として、小中学校の音楽教育の現場もふくめて、積極的に取り入れていくべきではなかろうか。

付記▼二〇〇三年六月、十日町市、小千谷市、広神村でのアンケートの結果について

●北魚沼郡広神村では「新保広大寺（広大寺）」「神楽広大寺」「こまか広大寺」が、ひとしくうたい踊られるのにくらべ、十日町市では「神楽広大寺」はなく、「新保広大寺」そして「こまか広大寺」の六方、棒振りがめだった。小千谷市では「新保広大寺」を棒振りで踊る。

●いまこの唄がうたい踊られる場所は——村のイベント（神社の祭、福祉大会、文化祭）、めでたい宴席、演芸会、新年会、忘年会、民謡の会などがおおい。

●この唄や踊りをいま伝えたい人は——学校で。娘や息子。小中学生。集落の保存会の若い人たち。青年団。民謡教室。とくに学校で教えたい、伝えたいという方が多くみられた。

●この唄や踊りを民俗芸能として発展継承していくためには——絵本や昔話の読み聞かせのように、子どものうちから、伝えておきたい。小学校の総合学習にとりいれたら。現在も小中学生に教えているが、成長を見るのが楽しみ。「広大寺」にかぎらず継承者が少なく困っている。民謡愛好者に伝えたい。ＰＲがたらないのでは。子どもたちが学校の音楽の現場で、地元の老人たちに教わる機会をつくったら（課外授業でもよい）。

＊『新発幸大寺不実録』……天明七年、江戸の在、葛西の幸大寺といぅ貧乏寺の和尚、満水が、「有繋煩悩の犬」は法力をもってしても追い払えず、寺の近所の娘お市とつね日頃からの浮名が露見して、ついに駆け落ちをした。この和尚と娘の駆け落ち事件は、台風のように素早く江戸八百八町の評判となり、当時の戯作者・島田金谷が同書を刊行してベストセラーとなった。同書の序文を四方山人（大田蜀山人）、跋文を大屋裏住が書いている。全編を通じて和尚と娘お市との痴情を描写して、極端に扇情的な文字を羅列している。

参考文献

『新潟県の民謡』小山直嗣　野島出版　『阿賀北瞽女と瞽女唄集』佐久間惇一　下越瞽女唄研究会
『新保廣大寺』竹内勉　錦正社　『瞽女の民俗』佐久間淳一　岩崎美術社　『瞽女——盲目の旅芸人』齋藤真一　日本放送出版協会　『伊平タケ・聞き書　越後の瞽女』鈴木昭英他編　講談社　『じょんがらと越後瞽女』竹内勉　本阿弥書店　『日本民謡大観・北陸』町田佳声他編　日本放送出版協会

日本の酒造り唄　酒蔵から生まれた民謡

はじめに

「日本の酒造り唄」といえば、「秋田酒屋唄」「南部酒屋唄」「越後の酒造り唄」「灘の酒造り唄」「広島・三津（みつ）の酒造り唄」「伊予の酒造り唄」「筑後酒造り唄」などが今でも宴席や民謡の会でよくうたわれている。しかし現在の酒造工程では、酒造りのほとんどが機械化され、コンピュータなどによって管理されているため、まずその作業現場でうたわれることは皆無といってよい。それは稲作の田植唄や稲刈り唄が田園から消え去っていったのと同じ理由で……。だが今でもこうした唄をきいていると、きびしい稲作の作業に従事した農家の人々や日夜、酒造りに苦労した人々の想いが、その唄の中からきこえてくるような気がする。

ここで「日本の酒造り唄」を語るとき、本来はまず初めに酒の原料となる米造り、田植唄や稲刈唄などから始めるべきだろうが、ここでは稲刈りを終え、精米するところから始まる酒造りの唄から聴いていきたい。

灘酒造り保存会

前述のとおり、今日の酒造の工程は、ほぼ機械化されコンピュータで管理されており、そこに働く人たちの唄などが入り込む隙は微塵もないが、ひと昔前は洗米、精米、酛摺(もとす)り、水添えなど、仕込みから仕舞の作業にいたるまで、すべてその作業量に応じて唄がうたわれ、数え歌や唄の番数で時間やスピードが計られるなどしていった。その唄は蔵人(くらびと)たちの眠気を追い払い、故郷や妻子に思いをはせるなど、過酷な労働にどんなにか活力を与えてくれたことだろう。だからどの酒蔵からも、歌声は夜通し朝までたえなかった。

酒蔵で造られた酒は、その歌声を聴きながらふつふつと醸造されていった。この酒の原料となる稲でさえも、生育中、雷を聴くと身ごもるというのは、稲妻の語源が稲の夫(つま)だからだといわれる。それほど米は音に敏感なのであろう。ましてやそこで造られる酒は蔵人たちの唄をたっぷり聴いて育つのだから……。

一・麹、二・酛、三・造り

秋から冬へ冷たい風の吹き出す頃、仕込用や貯蔵用の大桶洗いが始まる。三十三石、三十四石（六千リットル級）の大桶を、竹を細かくほぐして造ったササラで熱湯をかけて洗い、数日間、風と日光にさらし、前年の酒の気やアクを取り除く。また桶には酒造りの工程にあわせ大小さまざまな桶があり、そうした桶類も井戸から水を汲み上げ、一つ一つ丁寧に洗った。しかしもっぱら杉材を使った六尺（約一・八メートル）の大桶も、昭和三十年代になると耐久性や浄化性の高いホーロー製のタンクに切り換えられていった。

ふつう酒造りは「一・麹、二・酛、三・造り」といわれているが、別に「一・米、二・水、三・造り」ともいわれるほど、原料となる酒米も水も重視される。その酒米も今は山田錦、五百万石、美山錦などの銘柄が評判よく、それらは一本の稲穂に大粒の米がたわわに稔り、稲が倒れやすく生育も困難といわれている。ゆえに普通の飯米の三倍以上も高値である。この酒造りにかかせない良質の水だが、いずれの酒蔵も近くに山脈や兵陵、清流や地下水、湧水池をかかえていることである。灘や伏見の水は硬水で辛口系の酒であるのにたいし、広島の西条、竹原などは軟水で甘口の酒として知られている。しかしかつて東北などでは、水は米の精白度の高い時は硬水、粗白の時は軟水として、水を木炭、獣炭などで調整して使用したという。しかし酒造りの工程の終わりのろ過の際には、炭の臭みが残るため現在では一切使用されていない。

昔からの日本の酒造りの方法は、まず玄米を搗いて精米する。その精米も普通は九十％くらいなのにたいし、吟醸酒ともなると、何昼夜をかけて六十％から三十五％くらいにまで精白される。次に水を汲み米を踏み洗い、手洗い、笊洗いなどしてとぐ。洗い終わった米を甑でふかして蒸し米とし、これから麹をつくり、酒母（酛）をつくり、醪をつくり仕込みへとかかる。この仕込みは三段階に分かれ、第一次（踊り・休み）、第二次（中仕込み）、第三次（留め仕込み）で、ほぼ二十五日かけて酒の母体をつくる。それを槽にかけて搾る。搾り終わった酒を火入れ（殺菌）してタンクに貯蔵し熟成させ、さらにろ過して樽（瓶）詰めして「清酒」は出来あがる。

唄はまず水汲み唄・桶洗い唄からはじまる

ハーアーエ　ヨーイトーオ　コーリャンハーアイナー　ヨイトヨイト　コーリャンハーアイナ（岩手県・水釣り唄）

桶洗いの水と米洗いの水を井戸から汲み上げる時にうたわれるが、これは掛声のみの珍しい唄である。眠気と寒中の冷気をすっとばす元気な掛声。

五んごと鳴るは明けの鐘　六大地蔵村はずれ　お七可愛や鈴が森　やわた八幡茶屋の嬶　お客だまして金を取る　公方東の大泥棒（秋田県）

これは汲みとった水桶の数を知るために、数え歌にしてある。

ハアーエ流しエヨハーアエ始まるハーアエ洗い物出せ

出したエョハーアエ洗い物ハーコリャエみな清め（岩手県）
かわいい男の来るとき知れる　裏の小池の鴨が鳴く（岩手県）
かわいい男の洗い番のときは　お顔見たさに回り道（岩手県）
面白いとて毎晩来るが　月に一度か二度お越し（和歌山県）

うたうのは勿論ごつい男たちだが、女心を勝手におしはかり楽しんでうたった。

酒の神様松尾様よ　造りまします五万石（群馬県）

この松尾様とは、全国の酒造元の守護神といわれる京都の松尾大社のことだが、酒神は奈良・桜井の大神（おおみわ）神社、滋賀の日吉大社、島根の出雲大社（佐香神社）、福岡の宗像神社に祭られている。次の唄もごつい蔵人たちが女心を勝手に想像し、胸を熱くしてうたったものだろう。あるいは出稼ぎ人である蔵人たちが、郷里へおいてきた妻を思ってうたったのであろう。

かわいい男の洗い晩のときは　水は湯となれ風吹くな（群馬県・新潟県）
酒屋者には惚れるな娘　花の三月泣き別れ（群馬県・新潟県）
花の三月泣き別れても　菊の九月にまた逢える（群馬県・新潟県）

杜氏・蔵人の出稼ぎ期間は、酒の出来上がる三月までだった。

酒屋娘は花ならつぼみ　今日もさけさけ明日もさけ（長野県・諏訪）

「咲け」と「酒」の語呂合わせが面白い。

丹波通い路雪降り積もる　家じゃ妻子が泣いている（長野県・諏訪）
家で妻子が泣くのも道理　わたしゃ他国で泣いている（兵庫県・灘）

酒屋様かねいつ来てみても　櫂の音やら唄の音（兵庫県・灘）
いとし殿御は今日何なさる　足がだるかろう眠たかろう（岐阜県）
足もだるない眠ともないが　わたしゃあなたのことばかり（岐阜県）

酒造りの専門家・杜氏について

この酒造りの作業には、それぞれの工程に応じた作業唄がうたわれた。その唄は各地の農村、漁村、山村から農閑期の冬場、酒造元へと出稼ぎにくる杜氏（とうじ）・蔵人の集団によってうたわれた。この杜氏集団は杜氏の下に頭（かしら）という世話役、麹、酛、諸道具などの雑事係などで組織されている。この酒造りの専門家集団は、岩手の南部杜氏（東北一帯）、新潟の越後杜氏（中部や関東一帯）、兵庫の丹波杜氏（伊丹・灘）、秋田の山内（さんない）杜氏、広島の三津杜氏、福岡の三潴（みずま）杜氏（筑後地方）などほぼ三十三の地域からであった。

昭和四（一九二九）年当時の酒造関係の統計（「酒造労働事情」）では、全国の杜氏の人数は兵庫（丹波・但馬杜氏など）七千七百六十一人、新潟（越後杜氏）五千五百六十人、石川（能登・加賀・珠洲杜氏など）二千四百九十六人、岩手（南部杜氏）二千二百三十五人の四地域だけでもほぼ一万八千人超となっている。これが平成十五（二〇〇三）年の統計では、兵庫（丹波・但馬）二百二十五人、新潟（越後）二百八十人、石川（能登）八十五人、岩手（南部）三百七十人と、広島、四国、九州、東北など全国合わせて千五百人で、何とここ八十年たらずの間にたった一割弱と激減している。それは今日、酒造業が機械化されオートメ化されたことも要因であろうが、この問題の背景には全国の農山漁村の過疎化、たとえば一九四五年当時三千四百十四万人いた農林業の就業者が、その六十五年後の二〇一〇年には二百六十万人と、三千二百万人近くも大激減しているという現実がある。農産物の自給率四十％という日本の農業政策のゆがみが如実に現れていよう。日本の農業こそ日本の酒造業の根幹なのだ。

酒造り唄の呼称と歌詞・曲調について

ところで酒蔵でうたわれる酒造り唄（作業の工程により、また南部や越後、灘、西日本などの各地では、水汲み唄、水釣り唄、桶洗い唄、米洗い唄・酛すり唄・酛取り唄、酛造り唄、酛練り唄、仕込み唄、仕舞唄、風呂上がり唄、舟掛け唄など様々に呼ばれている）の歌詞は、各地の杜氏・蔵人たちの交流のせいもあり、共通した詞曲が多い。しかしこれらの唄のほとんどは音頭取りと合唱の掛合い形式に多い典型的な作業唄であり民謡であった。曲調もそれぞれの杜氏らの酒造りのリズムに合わせて、彼らの地元の田植唄、麦打ち唄、臼引き唄、地搗き唄、舟唄、馬子唄、石切り唄、鉱山唄、山唄などの民謡、また当時の流行唄などからの転用が多かった。

次に米搗き唄、米洗い唄

吟醸酒ともなれば、酒米は精白するのに五十パーセント以下にまで搗き上げて減量し、さらにその精米を光沢のでるまで洗い上げる。米洗い、米とぎには足とぎ、手とぎ、笊とぎなどあったが、リズムにあった唄がともなうのは、冬の明け方に大きな桶に精米を入れて、褌一つで足で踏んで洗った足とぎである。それは水が冷たく足がしびれるほどだった。男たちは杜氏の合図で裸で湯気の立つ甑の回りで掛け声に合わせて働き回ったという。この時うたわれる唄は米を足洗いするのに、一節の歌で十回踏むとか、三節うたえば水を取り換えるなど、ストップウオッチの役もはたしていた。それははるか故郷の家族を思い、深い哀愁をこめてうたったりするだけでなく、夜中の眠気をさますためにも役立っていたのである。

各地の米搗唄

ハアーつばくらは　酒屋の破風に巣をかけた　オヤ何と鳴くサアーヨーイ　酒出せ売れとさえずる　ハアーこの米で造りし酒は薬泉　オヤ薬と泉サアーヨーイ　だれ名をくれた佐竹様

（秋田県・小坂）

古くから鉱山町である小坂のこの米つき唄は「南部銭吹き唄」からの転用である。

かぶらきのナーヨー　酒屋のナーヨー　嫁の寝言には　この米つかずに　酒になればよい

（千葉県・香取郡）

各地の米とぎ唄・米洗い唄

ヨーイトコリャサノナヨーイ　米とぎはヤーヨイ　楽じゃと見せて楽じゃない　はだしで裸でヤーヨイ楽じゃない（秋田県・湯沢）

湯沢町　柳の葉よりまだ細い　細いたて一夜二夜は泊めておく　泊めだとて一人は寝せぬ抱いて寝る　抱いて寝りア親より子より懐かしい（秋田県・湯沢）

米とぎはげに道広く納めなり　納めても張り替えた水を二度頼む（秋田県・湯沢）

秋田県の湯沢は質のよい米と水に恵まれ、また近くに銀山があり、古くから宿場が賑わい酒造りが盛んであった。

どんどどんどんいまとぐ米は　酒に造りて江戸へ出す（山形県）

はじまり　にんにく　山椒　椎茸　ごんぼむきだけ　納豆　山芋　こんにゃく　豆腐でわたした（岩手県南部の唄　覚えやすいわらべ歌形式で米をといだ）

燕は酒屋の方に巣をかけて　夜が明ければ酒売り出せとさいずるし（茨城県久慈郡）

とげやとげとぎあげて　煙草煙草吸わせましょ　長煙草（福島県会津）

蔵やい蔵やい何蔵や　下(しも)て蔵か上(かみ)蔵か　はいはいわたし下蔵でございます（三重県津）

ザクリザクリと今とぐ米は　酒に造りて江戸へ出す（新潟県）

揃うた揃うたで足拍子手拍子　カセが揃うたらなおよかろ　揃うたらカセがカセが揃うたら

なおよかろ　安芸の西条に今研ぐ米は酒に造って江戸にやる　造って酒に酒に造って江戸にやる（広島県・西条…元禄期流行の投げ節のリフレイン三の句返しである）
安芸の宮島回れば七里　浦は七浦七恵比須（広島県佐伯）
讃岐よいとこお米にお酒　塩に景色は国自慢（香川県琴平）
酒屋男は明るいものか　朝の暗いから水につく（石川県穴水）
身にはコモ着て縄帯すれど　心濁らぬ樽の酒（石川県珠洲）
花の三月泣き別れても　またも逢えます十月は（長野県木曾）
米とぎは楽じゃと見せて楽じゃない　こわくとも張り替え水をたのむだや（山形県）
酒屋男にどこがよて惚れた　昼は縄帯縄だすき（京都府野田川）
酒屋三十日ゃ乞食より劣る　乞食ゃ寝もする楽もする（京都府岩滝）

酛（酒母）摺り唄・酛かき唄について

ここは杜氏・蔵人たちの出番で、彼らを百日さんというのは十二月頃から三月頃まで百日間の労働だからで、灘では越前、丹波、備後などからの出稼ぎ人で占められた。杜氏は蔵人たちの頭で、その下に三役（頭・麹や・酛や）、二番（流し・洗い）船長（ふなおさ）（槽長）などを従えていた。杜氏が音頭をとり唄の長さで時の経過を計ったという。酛すりは、この酒母を直径一メートルほどの半切り桶にいれて、櫂でする（搗く）仕事である。蒸し米に麹種を一定量混ぜて良水を加え櫂で摺りつぶす。次にこれを長時間かけて攪拌し酵母を培養する。この酒母にさらに酘（麹と蒸し米に水）を加えて量を増加させる。この間、ほぼ一月半ほどかかる。発酵が旺盛になると泡が高く盛り上がり、醪が生成される。この熟成した醪を酒袋につめ、槽に並べ上から圧縮して「とろーり　とろーり」と酒を絞りだす。この段階ではまだ濁り酒だが、これを澄ます作業（澱りびき）をしたものが清酒となる。

灘の酛すり唄は、もともと伊丹、池田の造酒屋が兵庫の灘へ移ったもので、享保年間（一七一六～）には、大阪の有名な蔵元三十二軒のうち、伊丹に十五軒、池田に十一軒もあったという。しかし文化七（一八一〇）年には、酒造りの中心は灘へと移り、菱垣廻船（樽廻船）で江戸へと運ばれ、当時江戸で消費される酒の五割から七割方は灘の酒で占められていた。品川か佃島辺の江戸湾に停泊した廻船から、小舟に積み替えられた酒樽は新川辺の下り酒問屋の倉庫に収められた。その量は元禄十一（一六九八）年頃には六十万樽（三万七千八百キロリットル）にもなったという。華やかで退廃的な元禄期だったとはいえ、江戸っ子の酒量恐るべしである。

丹波杜氏は見上げたものよ　酒も造れば実も造る　親の家での朝寝の罰で　今は早起き夜半起き　夜半起きしてもと搔く時は親の家でのこと思う（兵庫県灘）
鶯が梅の小枝に　ちょっと昼寝して　花の散るとの夢を見た（広島県西条）
若きおりには　重ね着て年寄れば　一重ずつ脱ぐぞ竹の子　ナンヨエー（広島県比婆郡）
イヤーアーエ　めでためでたと　エイヤナーエ　いうてすった酛も
オイヤレナーオイヤナー　今は銘酒のオイヤナ加茂栄　今は銘酒の加茂栄（福井県三方）

酒屋男を馴染みにもてば　蔵の窓から粕くれた（福井県小浜市）
わしは酒屋の与太郎でござる　酒を飲まいでもヨタヨタと（福井県敦賀）
めでためでたで今つく酛は　末は松尾さんの神酒となる（福井県鯖江）
わしはこの屋の本酛造り　いつか濁りを澄まそやら（石川県珠洲）
水は湯となるためしはないが　せめて風など吹かにゃよい（鳥取県）
戸田の渡しで今朝見た島田　男泣かせの投げ島田（新潟県）
酒を飲む人ヤーみな神様よ　アラお神酒あがらぬ神はない（京都府伏見）
さんさ酒やの始まるときは　ヘラも杓子も手につかぬヨ　宵に酛する　夜中にふかす　朝の寒さに酒つくる（秋田県秋田市）

この唄の出だしの「さんさ」は盛岡の南部杜氏がもちこんだ「さんさ踊りの始まるときは　ヘラも杓子も手につかぬ」の転用で、この唄は秋田の民謡家・鳥井森鈴によって編曲されたもので、酛すりの他にも醪造りの櫂入れの際にもうたわれた。

揃うた揃うた若衆がそろた　秋の出穂よりヤエまだそろた　揃うた若衆に半纏着せてこの家のお蔵に酒造る（秋田県湯沢市）
酒に造りて　名のよいお酒　酒は銘酒でヤエ　新政だ（秋田県湯沢市）

岩手県南部の酛すり作業は、十一月に始まり翌年の二月いっぱいかけて行われた。

ハアー　酛すりは　ヤラヨイ
楽そに見せて楽じゃない

何仕事　ヤラヨイ
仕事に楽がありゃしない

この唄はもと岩手県の大迫あたりの鉱山唄を、南部の杜氏が酒造り唄に転用してうたったものという。岩手の「とろり唄」「仕込み唄」は、酛に麹、蒸し米、水を混ぜ大きな槽に移してとろりとろりと攪拌する時にうたった。

とろりとろりと出た声なれど　声を取られた川風に（岩手県）
とろりとろりと眠たいときは　馬に千駄の金もいや（兵庫県灘）
唄を留めるには何というて留める　酒屋繁盛というて留める（岩手県）

寒中、酒の仕込みの時期になり、各地へ出かける季節労働者ともいえる杜氏・蔵人たちの酒造り集団は、東北圏……南部、津軽、山内、会津、北陸・信越・関東圏……越後、能登、諏訪、飯山、近畿・中部圏……丹波、丹後、城崎、越前、大野、但馬、中国・四国圏……備中、三津、出雲、石見、熊毛、伊方、越智、土佐、九州圏……柳川、三潴、熊本、肥前などであった。彼らは地元を離れ、他の地域の蔵元から招請されたりする関係で、そのうたう唄もさまざまに入り組んでいる。

とろりとろりと　今する酛は　やがてこなれて　酒となる（茨城県）
とろりとろりと　今する酛は　酒に造りて江戸に出す（千葉県・群馬県・長野県）
とろりとろりと馬に鈴さげて　春はござれや伊勢様へ　娘喜べ明けての春は連れて行きます伊勢参り　お伊勢参りにこの子が出来た　お名をつけましょ伊勢松と　松とつけまいわがこ

の名をば　待つは憂いもの辛いもの　伊勢の津の町長いとも長い　殿と通れば長くない　伊勢の津よりも松阪よりも　心とめたは関の地蔵　関の地蔵さんに振り袖着せて　奈良の大仏婿になる（群馬、長野県の「伊勢道中記」）

縁起をかついだ「めでたづくし」のように長く続く唄は、「伊勢道中記」が東海道五十三次を、「中山道」が六十九の宿場を次々とたどるように、いわば数え歌のように延々と続くので眠気をさますことと、作業の手順を確認するという役割もあった。「雨が降りゃこそ松井田泊り　降らざ行きましょ坂本へ」や「本庄台町五百できる　酒と肴で二朱かかる　酒と肴で二朱でもよいが　夜具の損料で足が出る」「見たか見て来たか高崎田町　紺ののれんがそよそよと」「紺ののれんに松屋と書いて、待つに来んとは気が知れぬ」のように、長い作業にたえうる延々とつづく四十節から五十節ほどの長編の唄が、道中各地の民謡をとりこんでうたわれた。

酛すり唄は、水や醪を桶に入れるとき、他の唄と同じように数を間違えぬように、たとえば「一、始まった一の谷　ひよどりごえの坂落とし　二、二つ蝶々くるわの日記」のように二十まで続く数え歌形式のものもある。

次は南部杜氏によってうたわれた伊勢音頭調の唄である。

ソリャヤーアイ　これから始まるヤーンセハ、ヤートコセーヨイヤナ　ハ、一に紀のとの大日さまだよ　ヨーイ　ヤナ　ヨイヨイハーリャリャ　コリャリャノドッコイ　ヨーイトコトコナ　二には新潟白山様だよ　三には讃岐の金比羅様だよ　四には信濃の善光寺様だよ　五には御殿場の高神様だよ　六には六社の塩釜様だよ　七つ奈良の大仏様だよ　八つは八幡の八幡様だよ　九には熊野の権現さまだよ　十は所の神々様だよ（南部の醪しぼり唄・舟かげ）

忍ぼうとすれば　ヤボジャイヤボジャイ　犬がせく　赤黒なくなよ　斑（ぶち）もなくなよ　忍ぶ約束（岡山県御津郡）

枝が栄えりゃ庭先暗い　暗きゃ下ろしゃれ一の枝　一の枝きりゃ二の枝までも　またも下ろしゃれ三の枝（山おろし唄・長野県木曽）

山おろしとは昔ながらの酛造りの方法で、半切桶に蒸米と麹と水を混ぜ丹念に櫂で摺り潰し、長い日数と自然の力で酵母と乳酸を育てる作業だが、明治四十二（一九〇九）年この作業を経ずに同質の酛が得られる方法が発見された。この方法が山廃酛（やまはい）とよばれている。

夜中起こして酛かく時にゃ　何も思わず妻のこと（長野県木曽）

酒は剣菱男山よりも　わしの好いたは色娘（長野県木曽）

とろりとろりと今つく酛は　酒に造りて江戸へ出す　江戸に出すとは昔のことよ　今は世が世で地ではける　地ではける酒名取のご銘酒　酒は剣菱男山　男山より剣菱よりも　わしの好いたは色娘（茨城県）

剣菱は安永年間、男山は文化文政年間に流行した銘酒で、当時の川柳集『柳多留』に「禁酒もうかと剣菱で突き破り」「御輿（みこし）ほど騒ぐ新酒の男山」などと歌われ、江戸っ子の人気を呼んだ。

仕込み唄・風呂上がり唄・仕舞唄

仕込み唄のうちの醪櫂入れ唄は、醪を攪拌する櫂入れ作業で三段階に分けてうたった。いずれも音頭取りと合唱でうたわれた。「一番櫂」の工程ではうたわれず、「三番櫂」はゆったりとした作業であったため、広島辺では舟歌（音戸の舟歌）などを転用している。

思い出すよじゃ惚れよが浅い　思い出さずに忘れずに（広島県安芸津）

恋に焦がれて鳴く蝉よりも　鳴かぬ蛍が身を焦がす（広島県西条）

いずれの歌詞も明和九（一七七二）年刊行の民謡集『山家鳥虫歌』に記載されたものである。

ヤーレ酒は古酒を飲め　ハドッコイドッコイ　女は年増　ハドッコイドッコイ　とかく新酒は水臭いヨ　ハドッコイドッコイ（広島県竹原市の仕込み唄）

次は酘搗唄といい、福岡県三潴郡でうたわれる灘風の仕込み唄である。

ヤレー酒はヨー酒屋に上茶は茶山アヨイショヨイ　ヤーレ女郎はヨー長崎アヨイショアラ丸山に　ハーヨイショヨイショ

三潴郡の城島あたりは、筑後川の水、筑後平野の米と酒造の条件には恵まれたが、藩政時代、他藩との酒の売買を禁じられ酒造業の発展は遅れていた。明治以降、販路の拡大を進めたが、この酒は濃厚で辛口であったため、灘の酒におしまくられ、結果として灘から杜氏を招き、その後独自の筑後の酒を造り出していった。

群馬の「三本櫂唄（三ころ突き唄）」は、「これからサンコロ始まりだ　おいらも一本紹介なヨヤサノヨヤサ」で始まった。そして発酵もすすんだ醪を三人か四人で交互に櫂棒で搗き、軽快なテンポで「伊勢道中歌」をうたった。寒中、極度に緊張する作業の中で、これらの唄のはたす役割は大きかった。作業のしんどさを吹き飛ばす唄の楽しさ以上に、蔵人が心を一つにしてうたう、その唄のテンポで櫂をつく早さを、その曲節の長短で作業の時間を調節する役割も果たしていた。「ヤットコセ　ヨーイヤナ　ヨイショ　ヨイショ　ヨイショ　ヨイショ　ヨイショ　ヨイショ」「アーヨーオーイ　しゃんこしゃんこ馬に鈴さげて　春はござれや　伊勢さまに」の威勢のいい掛け声が、酒蔵のなかに響いた。

「酒屋杜氏衆を　馴染みにもたば　蔵の窓から　粕もらた」は、秋田の「酒屋仕込み唄」だが、いずこの蔵の窓も小さいのは、屋外からの雑菌の侵入を防ぎ、屋内の家つき酵母菌を守る意味もあった。私は東近江のある酒蔵を見学のおり、朝食に納豆や蜜柑を食してきた方は入場をご遠慮願う旨、言われたことがある。かつて酒蔵の女人禁制は、男だけの蔵人の世界に俗な男女関係の入るのを牽制する意味や、女性用の香りの強い化粧品のせいもあったろうが、最近では女性による杜氏（酒造技能士）も多く登用されつつある。

仕込み唄の終りは、「風呂上がり唄」「留め唄」「仕舞唄」である。酛造り、醪造りを終えて、蔵人たちが夕食後、入浴をすませてから最後の櫂入れ、攪拌作業でうたうのが、この唄である。これは明け方の眠気を吹き飛ばすかのようにややテンポは早い。

酒のナーエ酔い覚めョ　アーお風呂の上がり　ヤレいつもョ　心がなごやかに

醪の仕込み（『日本山海図絵』より）

この図絵に登場する「ため桶」

酒はナーエ諸白ヨ　アー肴は小鯛　ヤレことにヨ　お酌は忍び妻

酒にナーエ　酔うた酔たヨ　アー五酌の酒に　ヤレ一合ヨ　飲んだら由良之助　わしの仕事は小山ほどあれど　もはやお日さん暮れかかる　お日が暮れたら灯りをつけて　親の名付けの妻が待つ（兵庫県灘、長野県木曽）

親の名付けの妻さえもてば　添うて苦労はわしゃしない（木曽）

次は灘では朝の歌といい、明け方の四時頃に醪に櫂を入れ、攪拌するときにうたった唄である。

仕舞うて去にゃるか有馬の駕籠衆　太多田（おたで）河原をたよたよと

起きていにしゃれ東が紅い

屋形屋形の鳥が泣く

屋形屋形の鳥が鳴いてしまや

明けりゃお寺の鐘が鳴る

酒はよいもの気を勇まして

飲めばお顔が桜色

灘の銘酒と　契りの深い　色香ゆかしき吉野杉

吉野杉で造られた酒樽の芳香は灘の銘酒を一層もり立てた。造り酒屋の軒下に、杉の葉を重ねて造った杉玉は酒屋の目印であり、新酒の搾り時期にあわせて吊したものだが、灘では酒の神の神木ともいわれる杉と酒との相性がよいことから、寛永年間（一六二四年頃）から使われているという。また、酒の神を祀った奈良・桜井の大神（おおみわ）神社の御神体も杉の古木であることから、杉玉を造ったという説もある。

何と長酒　待ち兼ねました　これがお仕上げか　おめでたや　これがお仕上げか　おめでたや（兵庫県灘）

これが搗きあげの櫂か　櫂に神楽をあげましょうか（長野県木曽）

唄の終いは何というて留める　酒屋繁盛というて留める（長野県木曽）

ヤーレ　酒屋ナーエ　ハーイヨ　ハア杜氏さまヤーイ　お国はいずこ

ヤーレ岩手ナーエ　ハーイヨ　ハア南部のヤイ　盛岡よ（岩手県）

そのほかの謡もの・酒造り唄

以下は酒造りの過程で随時うたわれた唄である。

酒屋の酒屋の杜氏は　エー六尺男が　エー昼はナー昼はナー帯襷ヨー　晩にゃ晩にゃ綸子のヨー　ヤーレ　サマ三重めぐりヨー　アレハヨイヨイヨーイ（広島県安佐郡）

雁だか鴨だか片足ゃ真っ赤だ　お茶のご飯でお魚つきなら仕事ができます　菜っ葉のこーこ

で　お麦のご飯じゃ　仕事ができない（茨城県久慈郡）

一は万物の始まり　ニッコリ笑う朝恵比須おさん伊達こき旦那の妾（長野県伊那地方）

津の津の津の町長い　さまと通れば長ごとない　長いこと　いつかすにおもた　これでお仕上げかおめでたや　すんだらその場にしもて　しもうて飲ますぞ生酒を（三重県）

雨が降りゃ寝る　日が照りゃ休む　空がくもれば　酒を飲む　腹のたつ時ゃ　茶碗で酒を飲んでしばらく寝りゃなおる（広県島）

元朝（元日）に鶴の鳴き声　あのはねつるべ　迎えますぞよ若水を　めでたいとも　盃の中におさまる四海波（徳島県名東郡）

酒屋男は　麦田で育ち　家で年取る　ことがない　酒屋男と　宿毛の鴨は　暮れに来こんで春かえる（高知県）

薩摩二歳衆は　どこでも知れる　尻をちんとからげて　ヨイヤナ（鹿児島県）

熊本県阿蘇郡の酒造り唄に、囃子ことば入りの一風変わった唄がある。

松の葉　ハーソコジャイ　葉色と　ハーヨイサヨイヨイ　月ソレ日の出しお　ハーヨイヤナー　ハソレ　まとむか　ヨイトサノヨイヨイ　しは世はか　アイナソレ　はらねどかはソレりやす　ヨイサノヨイヨイ　いはただい　ヨイヤナー　と心　トコセーノ　ヨイヤーセノヨイヨナー（意味不明の箇所あり）これが今年の二度目のソエよ　この酒熟成すりゃ　ほうめい酒

江戸時代にうたわれた酒屋唄・酒造り唄

『松の葉』という元禄十六（一七〇三）年に刊行されたこの流行歌集の一節も、各地の酒屋唄にみられる。

ひとつこし召せ　たぶたぶと　ことにお酌は忍び妻

『山家鳥虫歌』の中の次の唄なども、各地の酒屋唄に残されている。

池田伊丹の上諸白も　銭がなければ見て通る（兵庫県播磨）

いつか鴻池の米踏み終い　播磨灘をば唄でやろ（播磨）

（伊丹の鴻池での酒造りで米も踏み終えて、やっと郷里へ帰る船中、播磨灘は唄でもうたって過ごそうか）

わしとお前は諸白手樽　中のよいのは人知らぬ（豊前）

（俺とお前は上等な酒の入った角樽みたいなものだ。二人がいい仲なのは誰にも内緒だよ）

酒は飲まねど酒屋の門で　足がしどろで歩まれぬ（周防）

（酒は飲んでないのに酒屋の前にくると、その香りがあまりいいので、それだけでもう酔ってしまって歩けやしない）

酒盛り唄いろいろ

農耕を営むようになった古代人が、酒造りを始める時代より以前、酒は若い娘たちが口中で米を噛み、それを壺にいれ発酵させて酒を造ったといわれる。杜氏の語源は刀自（とじ）からきたといい、もともと女の主人（あるじ）をいい、酒造りを仕切った女性のことである。古事記、日本書紀など古代の文献にも、酒神として女神が多くみられるのはその故かもしれない。また収穫の秋、神に豊穣を感謝する時、お神酒が捧げられ、人々にも酒が振る舞われたが、こうした親睦の宴席にも、女性が饗応役を任されて登場してくる。卑弥呼の時代にも繊細な感情の持ち主である女性が、神がかりしやすいために予言者として、神官的な存在として、めでたい祭事や宴席をとりもった。こうした習慣が中世になって神事を離れて白拍子、江戸期の遊女、そして今日の芸妓、ホステス業にいたるまで続いており、客人を招く宴席で座興をつとめる職業的な接待役としての、女性の存在があった。

さて、宴席をことほぐ酒宴はもとより、町中の居酒屋などからもれてくる唄からは、美味しい酒を戴いたことへの感謝の思いがきこえてくる。これらの唄は酒を飲む人々から杜氏・蔵人たちへの返礼の唄とでもいえよう。それは日々の暮らしの悲喜こもごもの思いをこめてうたわれた。

お酒飲む人花なら蕾（つぼみ）　今日も咲け咲け明日も酒（群馬県酒盛り唄）

酒飲みは牡丹と桜の蕾かえ　今日も咲け咲け明日も酒（宮城県大津絵節）

酒屋男は花なら蕾　朝も酒酒　ヤレ晩も酒（愛媛県伊方　酒造り唄）

この伊予の唄は、前節でも同様の唄（長野県諏訪）を紹介したが、造る側からの唄であり、群馬、宮城の二句は飲む側からのものである。造り手の唄にはどことなく作業のきつさや、早く終わってしまいたいという願望がうたいこまれているようだ。しかし酒の造り手にも飲み手にも、大いに気に入られた歌詞であったことにはちがいない。

泣いてくれるな今立つ酒は　わしの心もにぶくなる（宮城県お立つ酒唄）

酒は飲んで立つ　飲まないでも立つか　どうせ立つなら飲んで立て　飲んで立て飲んで立て　どうせ立つなら飲んで立て（福井県武生お立酒唄）

酒コ飲み飲みころりと死んだら　樽コ十ばかり立ててけろ　エーガタナー　エーガタナー酒飲みで（秋田県山内村　酒コ飲み飲み）

めでためでたやこの盃は　鶴が酌して亀が飲む（群馬県酒盛り唄）

たんと飲んでくりょ　何や無いたても　わしの気持ちが酒肴（山形県あがらしゃれ）

注いだ盃　中みて飲めよ　中に鶴亀五葉松（茨城県石下酒盛り唄）

米が白けりゃ　お酒もうまい　あとは親方さんの　腕次第（兵庫県灘酒造り祝い唄）

これは昨年亡くなった星野哲郎作詞、遠藤実作曲の新民謡で村田秀雄がうたっている。

酒は飲め飲め飲むならば　日の本一この槍を　飲みとるほどに飲むならば　これぞまことの黒田節（福岡県黒田節）

この唄はもともと筑前今様（いまよう）といわれ、文禄年間、黒田藩の武将で酒豪で鳴る母里太兵衛（もりたへえ）と福島正則にまつわる逸話をもとに、幕末のころ儒学者によって作詞されたものだが、もとは黒田藩の槍術指南・吉富杏村がつくった歌で「酒は飲め飲め飲むならば　宇美の栄屋に立ち寄りて　早見川という酒を　枡の隅から二合半」というものだったという。

このほか朝寝朝酒朝湯が大好きな「会津磐梯山」や「さんさ時雨」や「長持唄」「祝いめでた」や各地の祝い唄にかぎらず、ほとんどの民謡はすべて酒席を盛り上げ、楽しくうたわれてきたものである。しかしその陰には、寒中四六時中きびしい労働をささえ、美酒の生産にはげんできた杜氏・蔵人たち、蔵元たちのたゆまざる努力のあったこと、私たち酒飲みはけして忘れてはならないだろう。そしてさらに忘れてならないのは、天地自然の恩恵への感謝、畏敬の念であり、日本の農山漁村の大切さを自覚することではあるまいか。日本の美味しい酒造りの基本は、何といってもここにあるのだから……。

参考文献
『日本民謡大観・全九巻』日本放送協会　『日本民謡大事典』雄山閣　『日本民謡辞典』名著刊行会
『日本民謡集』浅野、町田編 岩波文庫　『日本民謡集』西郷、阪下編 未來社　『民謡歳時記』加藤文三 青木書店　『広島県の民謡』中国放送　『ひょうごの仕事唄』河野年彦 神戸新聞社　『木曾民謡集』信濃教育会　『群馬県郷土民謡集』上毛新聞社　『福井県の民謡』同県民俗学会　『東北の民謡』仙台中央放送局　『丹後の民謡』井上正一編　『若越民謡大観』杉本伊佐美　『石川県の民謡』北陸放送　『新潟県の民謡』小山直嗣 野島出版　『諏訪の民謡』有賀恭一 甲陽書房　『秋田の唄』

佐々木昭元　私家版　『日本の酒』坂口謹一郎　岩波文庫　『日本の酒５０００年』加藤百一　技報堂
『酒』芝田喜三代・圭文館　『酒が語る日本史』和歌森太郎　河出書房新社　『日本酒に訊け』秋元
浩　無明舎　『刈穂という酒蔵を訪ねて』青木健作　無明舎　『日本酒百味百題』小泉武夫　柴田書店
『首都圏の酒造り』葛飾区郷土と天文の博物館　『酒造りの歴史と民俗』茨城県立歴史館　『四大嗜
好品にみる文化史』たばこと塩の博物館
ご協力を感謝します。兵庫・灘酒造り唄保存会　白鶴酒造資料館　菊正宗酒造　新潟県・朝日酒造
千葉県・飯沼本家　福島県・大七酒造　埼玉県・武甲酒造　滋賀県・藤居本家の皆さま。

江州音頭

はじめに

滋賀県下に広くうたい踊られる「江州音頭」という民謡がある。金杖・鉦・太鼓が醸しだす軽やかなリズムと、威勢のよい囃子ことばでうたい語られるこの唄を聴いていると、私の胸のなかの何かしら日本人の血らしきものが、ザワザワと騒いでくる。

はじめて聴いた唄なのに妙に懐かしく感じられる。それはなぜだろうか。私の知らぬずうっと昔から、この国に連綿と唱えられてきた声明、祭文、説経、念仏、はては民謡・浪曲・演歌にいたる大衆芸能のエキスのすべてが、そこに感じられたからであろう。

この近江の土地の人々が生んだ郷土芸能には、たしかに日本の民俗芸能、大衆芸能の原点、その真の姿があった。そこに私の感性はこの上なく強く揺すぶられたのである。

滋賀県の民謡について

近江の国は日本列島のほぼ中央にあたり、古来より日本最大の湖水、琵琶湖を懐に抱いた豊富な水資源に恵まれた土地である。それは伊吹、鈴鹿、比良（ひら）、信楽（しがらき）などの山地から流入する河川がことごとく琵琶湖に注がれていることでもよくわかる。またこの近江は山城、伊勢、伊賀、美濃、越前、若狭、丹波の一部に隣接しており、畿内から東日本、北陸への街道は、すべてこの近江を経由しなければならぬ東西交通の要所でもあった。この土地の各宿場、関所で得られる各地の商品とその流通についての経済情報は、近江商人を生みだした理由の一つともなっている。

したがってこの滋賀県下の民謡（一九八五年度調査では二千三百三十六曲があり内千四百曲ほどがわらべ唄だったという）にも、東西各地との交流の影響が色濃くみられそうである。今日でも県内各地には田植唄・草取唄・臼引唄・米搗唄・藁打唄・地曳網引唄・茶摘唄・油絞唄・製糸唄・地搗唄・酒造り唄・祭唄・祝唄（餅つき唄・長持唄）・舟唄・馬子唄、そして盆踊り唄として「江州音頭」が、今日でも県内各地で盛んに唄い踊りつがれている。

大津の花柳界で生まれたお座敷唄としての「大津絵節」は、東海道を行きかう旅人たちの護符的な土産だった「大津絵」の画題、鬼の念仏・藤娘・弁慶釣鐘・瓢箪鯰・雷・鷹匠などをうたいこんだものである。この唄は滋賀県生まれではあるが、幕末期に全国的に流行した「都々逸（どどいつ）」などとともに、今日では広い意味での端唄（はうた）・俗曲というべきものであろう。花柳界で生まれた大津

江州音頭保存会による総踊り聖徳祭り（平成11［1999］年７月）

絵節は、今では花柳界の衰退とともに、その複雑で瀟洒なうたい回しをこなせる人はきわめて少ない。

また淡海節も淡海というその曲名から、古くからの滋賀県民謡と思われがちだが、じつは大正初期に関西喜劇の滋賀廼家淡海の自作自演によって、大流行した新民謡である。この淡海節の創始者・滋賀廼家淡海は近江の堅田の生まれで、もともとは後述する「江州音頭」の創始者の一人、真鍮家好文の二代目好延の弟子、国丸であった。

江州音頭の誕生①

滋賀県下はもとより近畿地方一円で、幕末期より盆踊りの時期にうたい踊られてきたこの「江州音頭」は、島根県東部から鳥取県米子方面で生まれた「木遣口説ヤーハトナー」[*1]で近年

「出雲音頭」と命名されたが、社寺の建立のさいにうたわれる長編の叙事詩性をかねそなえた語り物の民謡[*2]であった。

幕末期に盆踊り唄（盆踊口説）として滋賀県下に伝わったこの唄に明治初期、八日市在住の西沢寅吉（通称・歌寅、文化八＝一八二五＝年生まれ明治二十三＝一八九〇＝年没）こと桜川大龍が、祭文を導入した大胆な編曲をおこない、「八日市祭文音頭」を創始した。うたわれ語られるその歌詞には「石童丸」「宗五郎口説」「阿波の鳴門」「鈴木主水（もんど）」「八百屋お七」「一の谷ふたば戦記」などがある。弘化三（一八四六）年、豊郷町・千樹寺本堂再建のおり、その境内で当時三十八歳の歌寅が「八日市祭文音頭」を口演した。これが今日伝わる江州音頭のはじまりであった。

その後、江州音頭は夏の盆踊り唄として盛んにうたわれ、屋台の上から金杖（錫杖の頭部）を鳴らしてうたうものを屋台（櫓（やぐら））音頭といい、夏以外にも座敷でうたうものを座敷音頭といった。座敷音頭は明治中期、時の政府により盆踊りは風紀を乱すとして禁止されたため、やむなく座敷内で口演されたことから始まった。座敷に入った江州音頭は、その後三味線、太鼓、笛、鉦などの伴奏がつき、「デロレン　デロレン」の祭文の囃子は次第に省略されていった（滋賀県江州音頭普及会から発売されているCD『江州音頭』には、ドラムやロック調のエレキギター入りのものなど五曲が収められている）。

出雲音頭（木遣口説）の歌詞

アーラ　ヤーハトナー　ヤーハトナー

アーちょっとやりましょか

アラ　ドッコイセー
アーちょいと　やりますナアー
わたしがやろか　アーラ　ヤーハトナー
ハーハトナー

以下は江州音頭の歌詞の一部
エー皆さま頼みます（キタショイ）
ヤーこれからヨーイヤセーノ
コレ掛声を（ソリャ　ヨイトヨイヤマカドッコイサノセ）
アーさてはこの場の皆さんへ　早速ながらでありますけれど　ここに伺うお粗末はいずれ古くに候えど（以下略）……デンデレレンデンデレレン　（甲良町・木村新平唄）
エー皆さま頼みます（ハ　キタショ）
アーこれからはヨイヤセの　掛声頼みます（コラ　ヨイトヨイヤマカ　ドッコイサノセ）
アーさてはこの場の皆さまへ（ア　ドシタイ）伺いまする演題は　派手なコレ引舟淀川花火
関取千両幟の抜き読みで（ヨ）（以下略）……アーデレレンデレレン　デレレン　（古調・関取千両幟）
滋賀の名所を語るなら　日本一の琵琶の湖（うみ）　青葉若葉にゃ踊る鮎　春の薄化粧比良の峰
スキーよいぞえ血が燃える　マキノへ登ろか伊吹山　（新調・滋賀の名所）

江州音頭の誕生②

この盆踊り口説は、幕末期に前述した神崎郡御薗村神田（現・東近江市八日市神田）生まれの西沢寅吉（のちの桜川大龍）が江戸へ料理人として出稼ぎに行ったとき、桜川雛山（ひなざん）という武州・岡部村出身の祭文語りに「祭文」を習った。それを郷里に持ち帰り、「八百屋お七」「阿波の鳴門」「曾我兄弟」「白井権八」などの口説の中に祭文を取りいれ（むしろ祭文の中に口説を取りいれ）盆踊用にアレンジし、「八日市祭文音頭」としてうたい始めた。これが大評判となり、各地の盆踊りはもとより京阪のお座敷にまで招かれるようになる。唄が上手で地元では「歌寅」と呼ばれていた寅吉は、祭文の師匠・桜川の名を戴き「八日市祭文音頭（江州音頭）」の家元・桜川大龍を名のり、その仲間の奥村九左衛門（真鍮細工師、のちの初代・真鍮家好文）と二人で数多くの門人を育てた。ために「江州音頭」は近畿一円に広まり、明治・大正にかけ近畿地方の盆踊りは、すべてこの「江州音頭」一色になっていったという。

その口説の唄い方の構成は、初めシンミリ、中オカシク、終りトクトクと語り、全体の曲調を「なげき節」「いかり節」「落とし節」などで構成していく。またその踊りは屋台（櫓）を中心にした円舞式の輪踊り（平安・鎌倉・室町期の空也上人、一遍上人、出雲阿国などの念仏踊り系）で、天秤棒をかついで全国各地に行商する近江商人の根性とその姿を、振り付けたものといわれる。

この初代・桜川大龍は、明治二十三（一八九〇）年に八十三歳の天寿をまっとうし、八日市の金念寺（こんねんじ）の墓所に永眠している。その後明治三十年代になると、京阪の寄席においても五月から九月にかけて、江州音頭が公演され人気を呼び、大阪千日前のある席亭の音頭取りの中から、関西漫才界の先駆者・玉子屋円辰（えんたつ）、砂川捨丸らが巣立った。

戦後になると、法螺貝や錫杖を鳴らして「デロレン　デロレン」と演じる祭文式の唄は嫌われ、一九五七年には八日市市の商工会議所によって、観光宣伝用のスマートな「新江州音頭」がつくられた。この新しい江州音頭におされて、その後旧節は次第に廃れていった。現在ではこの祭文入りの古調をうたえる人はごくマレで、町田佳声氏などは実質的に「江州音頭」は滅びたとその著書で語っておられる。

河内音頭

「河内音頭」は、江州音頭の祭文風「盆踊り口説」の影響を受けて、大阪東部の農村地帯である河内一帯でうたい踊られていった。それは明治期に江州音頭を取りいれた、かなりスローテンポな祭文風「盆踊り口説」であった。これが浪花節の前身であるチョンガレ（歌う）・チョボクレ（語り）・浮かれ節（阿呆陀羅経（あほだらきょう））などと合体し、スマートな「浪花節風・河内音頭」となり、昭和三十年代になると鉄砲光三郎によるリズミカルな「歌謡浪曲風・鉄砲節」となり、これが現在の河内地方一帯の盆踊り唄としてうたい語られている。

北河内の歌亀は「江州音頭」を骨子に、浄瑠璃・義太夫の曲調を加味した「河内音頭」をうたい始め、また明治二十六（一八九三）年には南河内の岩井梅吉が「ヤンレ節」（越後の新保広大寺節の変型・殿さ節）を改作して、同年に起きた「河内十人斬り事件」を読みこんだ「河内音頭」も作られていった。今日の河内家菊水丸による「新聞語り・河内音頭」はこれを受けついでいる。

歌う「チョンガレ」と語る「チョボクレ」

チョンガレ[*3]（七七または八八調）もチョボクレ（七五調）も、鋭い風刺とたくみな諧謔にみちたニュースを売り物に、江戸期の庶民に親しまれ愛されてきた。たとえば有名な天保の改革（一八四一〜四）の頃うたわれたチョボクレに「ヤンレ、吝嗇如来のそもそも、水野のたくらみ魂胆の、いわれ由縁を聞いてもくんねえ　することなすこと忠臣めかして、ご時節がらの、なんのかのとて、天下の政治をおのれの気ままに、ひっかき回して……」というのがあるが、これなどは現今の政治状況にピタリと当てはまるものがあろう。

浪曲のあの独特のダミ声は、もともとチョンガレ声と呼ばれ、山伏たちの祭文の発声からでたものである。浪曲はその後多彩なメロディとリズムを獲得していったが、祭文は宗教行事にのっとっているため、きわめて単調なものとなっている。

祭文のこと

祭文とは本来、供養など法事にさいして、神仏につかえる祭文師によって朗唱される祝詞（のりと）である。法要の日時の報告に始まり、起請の主旨を和語（漢文体の訓読み）で、独特の旋律をつけて読んだ祈願文のことをいう。たとえば鎌倉時代以降には、修験者（山伏）が錫杖、法螺貝を伴奏に唱える祭文（鎌倉期には「早歌」とも合体した）が広まった。元禄時代（一六八八～一七〇四）以降には、三味線を伴奏にした歌祭文が流行して、後の浄瑠璃にも多大な影響をあたえ、明治以降は浪花節のなかに継承されていった。

また祭文は山伏たちが五穀豊穣・商売繁盛・無病息災・悪疫退散・雨乞いなどを祈願し、神降ろしをするさいにも唱えられた。天和・元禄の昔より、錫杖と法螺貝をもって各地の村や町を「デロレン　デロレン」と唱えながら、寺社の縁起、高僧一代記、霊験譚などをうたい語りつつ門付けして歩いたという。これが歌祭文、説経節・阿呆陀羅経などになり、江州音頭から河内音頭、やがて浪曲にもなっていく。またこれとは別に歌説経・歌祭文は浄瑠璃節の源流となり、義太夫・常磐津・清元などの庶民歌謡を生みだしていった。

祭文の詞文とは、

天台宗祭文――そもそも謹みうやまって申し奉る　懺悔（さんげ）懺悔六根清浄（ろっこんしょうじょう）　上に梵天帝釈（ぼんてんたいしゃく）四天大王　下界にいたれば　閻魔法王ェン五道の妙観……

油屋お染久松心中祭文――うやまって申し奉るョホホ　これぞ今年の初心中　所は都の東堀
聞いて鬼門の角屋敷　瓦橋とや油屋の　一人娘にお染とて……
八百屋お七歌祭文――うやまって申し奉るノホ　笛に寄る音の秋の鹿　妻ゆえ身をば焦がす
なる　五人女の三の筆　色も変わりて江戸桜　盛りの花を散らしたる　八百屋の娘お七こそ
恋路の闇の暗がりに……

おわりに

昨夏（二〇〇四年）は、滋賀県八日市の「江州音頭保存会」による県内外の祭への参加も、活発に行われた。近江八幡フェスタ、京都での江州音頭フェスティバル、永源寺町盆踊り大会、関西空港十周年記念行事などへの参加もあった。とくに八日市聖徳まつりにおける市民二千人による総踊りは圧巻であった。この祭りにみせる近江町衆の熱い心意気と真摯な底力には思わず脱帽した。それは私に、この近江につたわる伝統的な民俗行事、あの大凧揚げによせる市民たちの熱いエネルギーを想起させた。この夏、市内の大凧会館でみたビデオからも察せられた。市民参加による百畳敷の大凧の製作過程からも、大凧揚げ当日の百人の凧揚げ衆と多数の市民たちの協業からも地域共同体にみせる近江町衆の底力をかいまみることができた。私はそれと同様の熱気をこの「江州音頭」にも感じたのである。それは『近世義民年表』（吉川弘文館刊）の第一頁を飾った、近江町衆のもつ庶民的でバイタルなエネルギーと、どこかで通じ合っているのかも知れないと思われた。

参考文献

『日本民謡大観・中部編』日本放送出版協会　ほるぷ版『日本民謡全集』竹内勉編『日本民謡大辞典』浅野建二編 雄山閣『日本民謡集』町田佳声 浅野建二 岩波文庫『仏教音楽事典』法蔵館『浪曲事典』安斎竹夫編 日本情報センター『日本民謡詞華集』町田嘉章編 未來社『盆踊りくどき』成田守 桜楓社『踊り念仏』五来重 平凡社『みんよう春秋』特集 滋賀県の民謡 CD『江州音頭』滋賀県江州音頭普及会 RCA版『日本の民謡大全集』『祭文の研究』浄土宗教学院 八日市江州音頭保存会作成 民俗資料パンフレット

＊1　和歌山県新宮市の盆踊り口説「ヤートネ踊」の囃子コトバにも、この「ヤーハトネー」がみられる。伊勢地方の木遣唄を原調として生まれた「伊勢音頭」にも、これと似た囃子コトバ「ヤートコセー」がみられる。また昭和八（一九三三）年に、西条八十・中山晋平のコンビによって作られ大流行した新民謡「東京音頭」の囃子コトバにも、この「ヤハートナー」がつかわれている。

＊2　唄い物の民謡にたいして、語って聴かせる民謡。平曲・浄瑠璃（新内・義太夫）などの口誦文芸とちがって、越後の瞽女さんらの伝えた新保広大寺系の越後口説「俊徳丸」「石童丸（刈萱）」や「八木節」（鈴木主水、八百屋お七、国定忠治）、そしてこの「江州音頭」など語りの叙事詩。耳から聴かせる叙事詩といってもよい。これらが後に浪曲・講談となっていく。

＊3　チョンガレは七七または八八調で節をつけて語られる。「チョンガレ武左エ門」は二百節からなる大曲で、寛政年間（一七九三〜）の伊予吉田藩の農民一揆をうたったものである。他に「佐倉宗五郎」、信州松代藩の「嘉助騒動」、武蔵児玉の「明和の兵内くどき」などがある。

＊4　口説の源流は「平曲」にあるとされている。『平家物語』、また浄瑠璃系の曲節には、くどき・怒りくどき・泣きくどき・色くどき・艶くどき・さしこみくどき・引きくどきなど二十数種があり、朗誦的旋律をもって語られる部分をいい、仏教の声明の強い影響を受けているという。「江州音頭」にもなげき・くり・せめ・たんか・半節・平節・白声などの唱法があり、この口説きと歌祭文などに野外唱法の影響を色濃くとどめている。

木更津甚句　その唄の秘密

ハー木更津照るとも　東京（お江戸）は曇れ
可愛いお方（男）が　ヤッサイ　モッサイ
ヤレコリャ　ドッコイ　コリャコーリャ
日に焼ける……………………………………①
泣いてくれるな　出船のときは
沖で艪櫂(ろかい)が　手につかぬ…………………②
船は千くる　万くる中に
わたしの待つ船　まだ見えぬ………………③
船は出て行く　鷗はかえる
浪は磯打つ　日は暮れる……………………④
抱いて寝もせず　暇(いとま)もくれず
それじゃ港の　つなぎ船……………………⑤
沖の洲崎に　茶屋町建てて

上り下りの　船を待つ……………⑥
沖の瀬の瀬で　どんと打つ浪は
みんなお前の　度胸さだめ…………⑦
沖を眺めて　ホロリと涙
空とぶ鷗が　なつかしい…………⑧

木更津甚句の歌詞

これはご存知「木更津甚句」の歌詞である。潮の香りの中にも、悠揚せまらざる艶っぽさを持ち、それでいてどこか逞しい、不思議な魅力を秘めた民謡である。民謡ではあるが、むしろ洗練された都会的な華やぎをかねそなえた唄だと言えるだろう。またこの特徴ある囃子ことばは、当時の江戸通いの「木更津船（五大力船）」の船頭衆の威勢のよい綱引きの掛声からとられたものと言われる。木更津船は、幕府から房総の渡船営業や産物輸送の特権を与えられ、日本橋には木更津河岸が特設されるなど湾内随一の権勢を誇っていた。江戸や木更津でのこの唄の大流行の陰には、こうした船頭衆たちの多大な影響が考えられる。

さて唄を歌詞の面から見ていくと、①は「狸可愛いや証城寺の庭で月に浮かれて腹鼓」とうたいこまれた歌詞とともに、ご当地木更津特有の天候や地名を歌いこんでいるところから、この唄の作者と言われる地元の「木更津亭柳勢」作のものに間違いなさそうだ。②の三句目と四句目は、「江差追分」に「網も碇（いかり）も　手につかぬ」とあり、大分県の「まて突き唄」では「烏（からす）鳴いてさえ　気にかかる」となっている。③の歌詞は茨城の「磯節」に、そっくりそのまま唄われている。この歌詞は「江差追分」の前唄にもうたわれており、各地の港の船唄か酒盛唄としてうたわれている。④の歌詞の唄いだしの「船は出て行く」は、『山家鳥虫歌』に「船は出て行く帆かけて走る　茶屋の女子（おなご）は出て招く」とある。また北海道の「いやさか音頭」に「船は出る出る」以下、④とまったく同じ歌詞がうたわれている。⑤の歌詞では、その三句目と四句目を「鹿児島おはら節」は「つなぎ船かや　わしが身は」と古風にうたっている。また⑥と同様の歌詞は、弘化四（一八四七）年の『御船歌枕』に「小浜節」として記載されている。⑦と同様の歌詞は、東京「大島節」で三句目、四句目が「可愛い旦那ッコの度胸だめし」、千葉「東浪見（とらみ）甚句」では「可愛いあんさんら子の　度胸さだめ」とうたわれ、⑧の歌詞は「江差追分」でもそのままうたわれている。

この唄の作者「柳勢」とは何者なのか

各地の民謡に、江戸中期の『山家鳥虫歌』の影響がきわめて色濃く見られるのに、この「木更津甚句」で、やや古風な歌詞は前記した弘化四年の⑥にしか見あたらない。ということはこの唄の作者は、この時期に活躍した人だと言えよう。

私はたまたま「都々逸（どどいつ）」の元祖、「初代・都々逸坊扇歌（せんか）」について幕末期寄席の資料を調べていた。そのときある資料（番付表）の中から「玉屋柳勢」の名が私の目につき刺さってきた。私の脳裏では、あの「木更津甚句」の作者「柳勢」は「木更津亭」であったから、この「玉屋」は大いに引っかかるものがあった。それはこれまで見たどの本や新聞雑誌にも、この唄の作者は「木更津出身の落語家・木更津亭柳勢」とされていたからである（『日本民謡大辞典』雄山閣、『民謡新辞典』明治書院、『日本民謡集』岩波文庫、『定本・日本民謡集』社会思想社、『月刊みんよう』昭和四十七年五月号、『いはらぎ』昭和五十四年十月十四日などがそれである）。

まず弘化五（一八四八）年から嘉永五（一八五二）年にかけて執筆、刊行された『落語家奇奴部類』によると「八丁堀住　春風亭柳勢　始メ〔空白〕柳枝弟ナリ。又柳馬ト改名ス。又柳勢ト云、新堀江　茶づけ見世ヲひらく」とある。さらに番付表『当時昔噺連中枝葉鏡』（弘化四年秋より嘉永三年）には、「柳船改め二代目玉屋柳勢」が三段目左隅に記されている。「番付表」その二の『当時新選大江戸昔噺道中名家枝葉鏡』（嘉永四・五年）の二段目にも「柳船改二代目玉屋柳勢」が見える。その三『昔噺』（嘉永五年春・刊行）にも、全五段のうちの二段目左側に「玉屋柳勢」の名が見えている。

木更津亭柳勢は春風亭柳勢

ところで『古今東西落語家事典』によると、幕末期から明治の半ば頃にかけて六人の落語家の柳勢がおり、「玉屋」を名乗る柳勢は五人、うち「春風亭」を名乗る柳勢は一人。しかしこの人は本名石井栄治郎と言い、文久一（一八六一）年生まれで明治三十年代に没している。そうすると前記の弘化～嘉永年間に活躍した八丁堀の「春風亭柳勢」とは、明らかに別人ということになる。では残りの五人の「柳勢」のうち、誰が八丁堀の「春風亭柳勢」であろうか。

『古今東西落語家事典』では、弘化～嘉永～安政年間（一八四三～六〇年）にかけて活躍した「柳勢」に、一人だけ該当する者がいた。かなり疑問符だらけだが、その項を同書より引き写してみると、「柳勢【玉屋】本名未詳（?～?年）［嘉永・安政の頃?］①柳枝の弟子。初め柳松（柳船とも）から（一説には柳馬を経て）②柳勢となる」と書かれている。③嘉永七（安政元（一八五四）年刊の『落語年代記』にも「柳勢ト云春風亭柳枝ノ弟ナリ」と刻されている。

松本斗吟、河田陽氏ら地元郷土史家の著書によると、木更津亭柳勢の没年は慶応三（一八六七年）年五月二十五日、行年四十歳となっている。これを逆算すると生年は文政十一（一八二八）年となりこの年は「戊子」にあたり、間違いなく「子之吉」という柳勢の本名に由来していることが分かる。どうやらこの柳勢が、八丁堀の「春風亭柳勢」にもっとも合致しているようだ。同氏らによると、木更津の菓子商・江之嶋屋の長男であった子之吉が、二十余歳で家業を嫌って家を捨て、当時江戸で著名な落語家の「三代目麗麗亭柳橋」（後に春錦亭柳桜と改名とか、また一説にこの柳桜の長男が、春風亭柳橋といい「碁盤踊り」の名手だったと言う）。に弟子入りしたとなっている。家を飛び出して木更津から船でやってきた子之吉が、春風亭柳枝に弟子入りし、「柳船」「柳馬」を名乗り、やがて実力も備わってから「柳勢」を名乗ったのだろう。

さて、これからは私の想像だが、その後もともと唄好きだった子之吉が、寄席に上がって何かの拍子にうたった「木更津甚句」が大当たり、次第に超売れっ子となっていく。しかしその後、名声におごり慢心が嵩じ、芸人にはよくありがちな酒、女へと身を持ち崩し、寄席は無断欠演、揚げ句の果ての破門（一説には師匠の愛妾と意気投合して関係し、ゆえの破門と言われる。例の「切られの与三郎」も地元木更津の貸元の愛妾お富に手を出したがゆえに恋の悲劇が始まっている）。以後「春風亭」を名乗れず、初代没後、二代目を探していた「玉屋」（音曲系の落語家？）に拾われるが、以後荒れた芸では人気没落は必定、そのうち寄席の無断欠演が続き、「玉屋」さえも名乗れなくなり、郷里の名を取って「木更津亭」と変えるが、寄席は江戸朱引き内の出演を禁じられてしまい、本所、深川あたりの場末でしか出演できず、そうこうするうち結核を病み、失意、落魄、悲嘆の果てに侘びしく帰国、そして亡くなる……というストーリーである。あの優しくも艶やかな唄の中に、房総の女性のたくましさを秘めた柳勢の恋の唄、一世を風靡した「木更津甚句」の作者四十年の生涯に、いかにも似つかわしい物語ではなかろうか。

柳勢の菩提寺に詣って

こうして帰郷した柳勢こと子之吉の生家はすでに没落しており、やむなく叔父叔母にあたる分家の老夫婦に引き取られ、老夫婦の手厚い看護をうけたが、慶応三（一八六七）年五月二十五日死去、享年四十。亡骸（なきがら）は木更津市郊外、桜井の光福寺に埋葬された。同寺の過去帳による法号は「夏月良栄信士」。

柳勢が眠る木更津市桜井の光福寺（左）
光福寺内にある草に埋もれた徳利墓（右）

そして没後百三十五年（二〇〇二年）の三月十九日の午後、私はその光福寺を訪れた。郷土史家・菱田忠義氏（木信だより・一九九二年十一月八日号）によると「現在光福寺には江之嶋屋の墓地があり、数基の墓石があるが、柳勢のものと思われる墓石は見当たらない」と書かれている。新緑の欅の巨木が生い茂る山際の墓地で、私はその墓所を探しあぐねていた。そのとき寺の敷石工事をしていた初老の男性が、真ん中付近、泉水家（江之嶋屋）の墓所にある小さな徳利状の石が、その人の墓だと教えてくれた。雑草に覆われた無銘の貧弱な徳利状の石塊（いしくれ）。それが幕末期「木更津甚句」で一世を風靡した柳勢の墓石なのだという。この徳利状の石塊は、何よりも酒が好きだった故人を偲んで、その死をみとった姻戚の老夫婦が供えたものであろうか。だが何と寂しい悲しい石塊であろうか。たしかに人の生き方には千差万別があろう。財産を山ほど残す人も、何も残さず裸一貫で死んでいく人も。柳勢の場合は後者であった。死んだとき枕元に残されていたのは、高座用の「紙入れ一個」と、寄席へ通うための「小田原提灯一張」のみであったと言う。死ぬまで「寄席よ、ふたたび」の夢を捨てきれなかったのであろう。

木更津では、昨年（二〇〇一年）から「木更津甚句全国大会」が開催されているが、それがたんに人を集めて唄をうたうことによる「町おこし」だけが目的であってはならないだろう。

木更津市郊外の寺に侘しくねむる、不遇ではあったが精一杯生きたこの唄の作者にも、もっともっと温い光を注いでほしい。複雑な思いを胸に私は柳勢の墓所を離れ、桜井の光福寺を後にしたのだった。

●付記　柳勢の没後、「木更津甚句」は永年廃れていたが、明治末期に入ってこの唄を再興したのは、かって木更津の松川楼で働いていた「小野きく」こと芸者の「若福」であった。明治末期か大正の初め頃、木更津から新橋、烏森へ出て芸者（政財界に顧客が多かった）となった小野きくが、前に楼主の露崎きせから教えられたこの唄を、宴席で懸命に唄ったのがもとで、永年廃れていたこの唄を大流行させた。ために以降、若福はこの唄の中興の祖と言われている。（昭和二十八年没・享年七十二）。

震災と民謡　江戸の地震くどき

それは平成二十三（二〇一一）年三月十一日、午後二時四十六分、三陸沖を震源とするＭ九・〇の巨大地震と大津波からはじまった。報道はこの震災は貞観十一（八六九）年以降、千年に一度の想定外の被災だと伝えた。だがこれに匹敵する大きな地震や津波は、中世以後、明治にいたるまで、記録されているだけでも八十回をこえている。とくに江戸期の民衆は、これらの被害状況を民謡の「口説（くどき）」として残している。ここでは天保・弘化・安政と続いた地震、その状況を伝えた「江戸の地震くどき」をご紹介していきたい。

民謡は故郷をうたう

ハアーアーアーアー
遥か彼方は　相馬の空かョー
ナンダーコーラョーット
相馬恋しや　なつかしや

ナンダーコーラヨーット

福島県の民謡「新相馬節」である。いつもは何気なく聴いていたこの唄が、いま同県浪江町出身の原田直之によって絶唱されるのを聴くと、「そうかこの唄はこういう唄だったのか」と、思わず涙がこぼれてくる。これはもうたんなる望郷の唄ではない。民謡ってすごい、素晴らしい力をもっている、とあらためて感動させられる。

この唄は初代鈴木正夫が民謡修業中、八里の夜道を通いながら、同地の「相馬節」「相馬草刈り唄」をもとにつくった新民謡であり、「ナンダーコーラヨーット」の力強いユニークな囃子ことばがそのまま生かされている。相馬節の一節「こころ急けども　今この身では　時節待つよりほかはない」を、あらためて聴かされると何か身につまされてきてならない。相馬では草刈りの仕事は、牛馬など家畜の飼料として欠かせない作業であった。民謡の「相馬流れ山」は、毎年七月に行われる人馬一体となった年中行事「野馬追い」にうたわれており、馬もまたこの地方では家族同様の家畜であった。

この相馬地方には、ほかにも「相馬二遍返し」や「相馬土搗唄」「相馬盆唄」「原釜大漁祝い唄」「神長老林節」などがあり、優れた民謡の宝庫であった。それが今、あの地震と津波、原発被災によって全村避難し、一面見渡すかぎりの荒野と化した田畑、そして道路には放置された家畜が野垂れ死にしている。原発より三十キロ圏内の「警戒区域」に指定されているこの地から、県の内外へと避難した人々十五万人の帰郷はいまだおぼつかない。

そうした人々がはるか故郷の空を眺めながら、郷里の民謡を聴くとき、どんな思いをされているのか、想像するだに胸が痛んでならない。あの民謡は、そしてあの晴れやかな「相馬盆唄」はどこへいったのだろうか。

信州善光寺の大地震くどき

どんな唄にも民謡にも、その生まれてきた背景がある。仕事唄、盆踊り唄、祝い唄、わらべ唄、子守唄、抒情歌など……。その唄はいつ、どこで、だれが何のためにうたったのだろうか。古代から中世以降、この国の過去にもいくたびの大きな地震、津波があった。それをその時代の人々は必ず書きのこしたり、うたいのこしてきた。

ここでは過去の地震災害の中から、とくに唄として民謡としてのこされた、いわば「記録された民謡（くどき）」について紹介していきたい。まず取りあげるのは、弘化四（一八四七）年三月二十四日（陽暦五月八日）午後十時、長野の善光寺平を中心に越後へかけて襲った大地震（M七・四程度）についてである。その被害は全潰一万八千四百四十七軒、焼失三千四百二十一軒、流失千六百四十九軒、死者七千百四十六名、旅人の死者千百八十名、死馬八百十八頭となっている（『叙事民謡・善光寺大地震』栩沢龍吉著）。同書がこの日の惨状を「善光寺大地震略史」として書き記しているのを要約すると、当日は旧暦三月十日からご開帳で諸国近辺よりの参詣人で街はあふれ、宿坊、旅宿は超満員、午後十時雷鳴のごとき響きとともに大地鳴動し、稲妻が走り、瞬時にして町家、宿坊が倒壊し、各所から地割れして泥水が噴き出し、折からの風で火の手が上がり、天を焦がさんばかりの大火事となった。

今日であれば被害状況は、テレビ、ラジオ、新聞あるいはネットなどによって、寸時のうちに伝わるが、当時は瓦版の読売りなどにより伝聞するしかなった。それも時間とともに報道に尾鰭（おひれ）がつき、事実が針小棒大に語られたりするため、史実としては信用しがたいものもあるが、すくなくとも被災時の状況や、庶民の恐怖、不安などの心情はこれらの「くどき」からも理解できる。

瓦版の発行元は、日本橋・神田界隈の東屋、藤桝、吉田屋、竹沢、松坂屋あるいは地元信州の瓦版屋などから出されており、この時の「地震くどき」の手本とされたのは、この書き出し、語りはじめの詞句などには、善光寺地震の十九年前、越後の瞽女さんたちがうたった文政十一（一八二八）年の越後三条地震――「地震の身の上」が、まるごとコピーされている。

信州地震・新板くどきやんれ節　上（板元不明）
コレサイコレサイ天地開けて不思議をいえば　近江みずうみ　駿河の富士は　たった一夜で　出来たと聞こえ　それは見もせぬ昔のことよ　ここに不思議や信濃の地震　いうも語るも身の毛がよだつ　頃は弘化未（ひつじ）年花三月二十四日　亥（い）の刻時分　どーんと　振れくる地震の騒ぎ　煙草一服　落とさぬうちに　北は善光寺その他　飯山　松代　松本　須坂　上田高田　ご城下町々　在は村々その数知れず　破損つぶれその数何万なるや　人馬死したる何千なるや　数限りもあらましばかり　親は子を捨て子は親を捨て　倦かぬ夫婦の仲をも言わず　捨てて逃げ出すその行く先は　炎燃え立ち大地は割れて　水吹き出し行くことならず

熱や苦しや助けてくれと　泣きつ叫んで呼び立つ声　天に響き　利那念仏唱えてみても　何のしるしがあるやらん　花の弥生のその中で　あな恐ろしや昼夜絶えせぬ地震　七夜七日も止みもせず（以下中略）

書き出しの「コレサイコレサイ」は、東屋版では「ここにサアイ」、藤桝版では「今度サエ」、竹沢版・松坂屋版では「天地サアエエ」などになっている。いずれも震災の発生の日時、場所、被害状況などから震度はほぼM七・四程度、被災地域も飯山（本多家）、松代（真田家）、須坂（堀家）、上田（松平家）、高田（榊原家）など、はっきりとうたわれており、幕府の公用報告書によると五大名の領地での被害は前記の通りであった。

東屋版では「大地えみ割れ砂吹き出し　山が崩れて丹波川（犀川）埋まり　水は津浪で押し寄せ来たり　水のためにて死ぬ者もあり」。犀川が逆流し、湖水の底に沈んだ村があった。「大地が割れ　水吹き出し」は液状化現象であろう。竹沢版では「信濃川なるその川口に　たった一夜で大山できて二十五ヶ村みな水の底　縦が六里に横幅四里が　平ら一面みな水となる」山崩れで河川が堰止められ、さらにそれが決壊して犀川両岸で水没した村、三十五ヶ村ともいう。松坂屋版では「山は崩れる大地は割れる水を吹き上げ泥一面に　町も在郷も沼地のごとく　聞くも恐ろしおときき山の　麓辺には十二ヶ村が　家も立ち木も影形なく」とある。山崩れは大小四万二千四百五十六ヶ所もあった。七日七夜も余震が続いたとあるが、翌日の夜明けまでの余震は八十余回、以後十二月まで余震が続いたという。

この時の惨状を佐渡在住の中川赤水という文人は、「くどき」で次のように記している。板元に属する書き手はふつう作者は記さないが、はっきりと作者名を明記した、次の「くどき」の描写は一層リアルである。

「どんと鳴り出す地震の響き　そりゃと駆け出す間もあらばこそ　潰す家数は幾千万ぞ　柱梁垂木や桁に　背骨　肩腰　頭を打たれ　目鼻口より血を吐きながら　逃れ出でんと狂気のごとく　もがき苦しみつい絶え果てて　手負い死人は書きつくされず（略）風も激しく後ろを見れば　火の粉吹き立つ火炎をかぶり　熱や切なや苦しや恐や　中に哀れや手足をはさみ　肉をひしがれ骨打ち砕き　泣きつ叫びつ助けてくれと　呼べど叫べど逃がる人も　命大事と見向きもやらず」

大工いらずの堀立小屋に仮住まい　ことに今年は大不作　米は高値諸式は高く　これは前代未聞の変事　これをつくづく考えみるに　士農工商儒仏も神も　道を忘れて利欲を求め上下分かたぬ奢りをきわめ　武士は武を捨て算盤まくら　天の罰やらあら恐ろしや　ヤンレヤンレヤンレ

その時、急造された掘立小屋は、粗末な仮設住宅であったことがわかる。諸物価高騰は事実としても、「今年は大不作」はまだ収穫前の五月で不明のはずで、前出の栂沢氏は、この詞句は文政十一年の「越後三条地震」のくどきの引用であろうとしている。こんな震災は未曾有、想定外の椿事だが、これもふだん侍から百姓町人にいたるまで、神仏をないがしろにして利益を得ることだけを考え、利便第一、贅沢本位、役人は本職を忘れ打算第一、これじゃ神仏の罰もあたろうというものだ、と嘆いている。頃は幕末、米英仏の軍艦が来航し、大火や一揆も勃発し、天下は騒乱状態がつづき、幕府は庶民の暮らしどころではなかったのだろう。今日の政治家、官僚、財界人らの驕った風潮にもあい通ずるくどきである。旧暦三月二十四日午後十時におこった、このM七・四の大地震当時、ご開帳で大賑わい、超満員の宿坊、旅館が全壊し、大火や地割れに遭った死者は千人とも二千人ともいわれているが、その時幸運にも命拾いした七八〇余人の人々がいた。奇跡的にも倒壊から助かった本堂の大伽藍や経蔵、山門などに駆け込んだ人々で、それはご本尊の阿弥陀如来のご加護だと信じられた。この「くどき」の結びの部分を、藤桝版から見てみよう。

（前略）そのさなかにも御堂は残り　まこと不思議や三国一の　如来様かと喜ぶ信者　その夜　御堂に籠もりし人は　ただの一人も怪我なきことは　これも御利益あら有り難や　心細くも仮屋の内で　如来様かやお頭様の慈愛と情けで助かることは　これもこの世の約束なるや　さても御利益この　サ　有り難や　ヤンレイ

ここではお頭様（殿様）が、仮設の小屋を建ててくれた上に、炊き出しまでしてくれたことへの感謝と、命拾いさせてくれた善光寺のご本尊である阿弥陀如来への崇敬の念をうたっている。そしてこの「信濃善光寺大地震口説」が、あたかも寺社縁起の役割をはたし、上方や江戸を始め諸国で、瓦版の読売りたちや、また越後の瞽女さんたちによって広く流布されていった。

佐渡の天保大地震

文政十一（一八二八）年、越後の三条、長岡、燕、見附で大地震が発生し、顕著な液状化被害をうけたが、その五年後の天保四（一八三三）年、佐渡地方にも大きな地震が発生した。この時の状況を「くどき」は次のように伝えている。

佐渡地　天保地震くどき（板元不明）

ここにこのたび変事がござる　三条口説きになろうて喋る　頃は天保の四年の十月　二十六日九つ（正午）さがり　とんと揺りくる国仲の地震　中で強いを数えてみれば　渋手新町河原田沢根　小木の両津にまたその他に海府田野浦願に鵜島　三条口説き（文政十一年の）に変わりしことは　火事はなけれど津波が立って　小木の新田さしくる潮は　家財残らず戸ばち（障子）をはずす　子ども童や爺婆たちは　命大事と逃げるの哀れ（略）渋手新町大地が割れる　沢根河原田家屋が潰れ　それに続いて両津でござる　囲う船をば潟（加茂湖）まで流し　漁師船をば廂へ上せ通り通りは潮が満つる（略）山のような潮がさして　山へ山へと逃げ行くあとに　これも残らず家財を引かれ　潮引いたるその跡みれば　鰍鯖やら大鯛小鯛　それを見るのも涙でござる　神や仏や産土様も　こんな難儀を救うが役目　何の因果でこのようなことと　神や仏を恨むが凡夫　こんな変事の起こりというは　世間慳貪邪心が

深く　士農工商四民の者を　四海太平治まる御代と　武家は武を止め三味線稽古　能や囃子の遊芸ばかり　それはそれとも思いもするが　聞けばこのごろ職人衆も　数にかからぬ日雇いまでも　身にも口にも奢りがついて　粗食菜飯の下桶いやで　大根下桶御飯がまずい

（略）

以下で、武家のみならず職人百姓衆も怠け癖がつき、賭博を打つやら大酒飲むやら、医者も坊主も山伏衆も天下あげての商売本位、世の中が腐敗しきっているからこんな大惨事が起きたのだとうたっている。終りは「なんぼくどいてもつきせぬくどき　不作地震に津波を添えて　あまり不憫に思いしゆえに　とんとくどきができたでござる」でしめられている。この時の津波で漁船が屋根に打上げられるなど、その状況描写は、三・一一の三陸沿岸の被災とまったく変わらないが、当時の行政の防災への無策があったこともいなめまい。

江戸の安政大地震くどき

天保の佐渡大地震、弘化の善光寺大地震に続いて、安政一（一八五四）年、二年と立て続けに大きな地震があった。この時代は米国のペリーの黒船六隻が浦賀に来航。幕府が下田、函館の二港を開港したことにより国論はまっ二つ、勤王の志士・吉田松陰が下田で黒船への密航を企てて投獄されるなど、天下は騒乱状態にあった。このような時、十一月朝五つ半（八時）頃、畿内から江戸にかけて大地震が発生し、焼失・倒壊・流失した家屋は約六万戸、死者約三千余人が出たといわれている。翌安政二（一八五五）年十月夜四つ（十時）過ぎにも江戸に大地震が発生。この時倒壊した家屋は一万四千三百四十六戸、死者三千八百九十五人、江戸最大の遊里・吉原や森田座、市村座、山村座など江戸三座も全焼した。

ここに瓦版でうたわれた「吉原名寄せ大地震焼け原くどき」というのがある。

なかにサアエ　あわれは新吉原の　五町まちまち揺りくる地震　くぐる地獄の大門口や色と欲とのそのなかの町　広き江戸町一丁目より　かかる騒ぎのおり伏見町　火事よ火事よと声揚屋町　きのう京町つい今でも　花の廓にすみ町なるを　変わり果て足る焼け野のきじの籠を離れた身は羽抜け鳥　逃げる手立てもただなくばかり　禿だちからうき川たけの　淵にはまりて地震のために　またも奈落へ沈むというは　客を手くだで騙した罰か（略）今は悲しき冥土の旅路　小褄からげて逃げんとすれば　梁に打たれて鮃のごとく下ろす撥ね橋おはぐろ溝へ　はまるわが身は泥水渡世　煙につつまれ火の粉に追われ　顔も体も黒助稲荷

（略）

以下に大黒屋、さくらや、いずみや、むら田海老、角つた、新相撲、三浦屋、すがた海老などの店名を折り込み工夫をこらした詞句が続く。たとえば、かかる憂き目に「あうみ屋」なれば息もたえだえ目も「くら田屋」で泡を「ふく本」ただ「立花屋」などというように。名寄せとあるように、被災にあった吉原の名だたる遊郭の名前を洒落のめしながら列記していく。この悲惨な災害には、いかにも不似合いな軽い表現だが、この瓦版の書き手は江戸っ子の機知機転をきか

安政の江戸大地震・江戸市中倒壊消失図

したつもりだろう。遊女たちにとっては辛い日常がいっぱいつまった吉原だが、贅沢な遊興三昧とは無縁の庶民には、ここはつねに絢爛豪華な非日常の世界であったのだろう。

さてもサアエ　ふしぎは今度の地震　江戸の横縦すみずみまでも　崩れ揺られてその上焼かれ　貴賤上下のその人びとは　にわかに乞食になるもの多く夜風身にしむ寒さの中に野宿するやら菰引きかつぎ　泣いて明かした十七夜の食らう艱難　肝たましいも　さらに身につくわが物とても　寝間着一枚引きござひとつ（略）焼けて潰れた身軽き者へ　計り知られぬお救い米の　数は億万まだその他に　所々へお小屋を組み立てられて　民を賑わす御国恩の　かかる情けも将軍様の　お膝元なるその有難さ　これもたとえの大雨降りて地固まりたる万能薬は　からき世直しまた年々に実る豊作五穀の種子も　繁る出来秋千秋楽の　枝をならさぬこの時津風　今の難儀を人々ともに　昔語りとなすものならば　生きて甲斐ある上々国の　これぞ西方極楽世界　曇る空さえたちまち晴れて　もとの我が

身に今立ち返るヤンレイエエ（「ヤンレイくどき」）

三田村鳶魚『瓦版はやり唄』によると、この「ヤンレイくどき」は仮名垣魯文が大道山人なる筆名で嘉永年間に作って大流行したとあるが、前述の「善光寺地震くどき」などは嘉永以前の弘化、あるいは越後三条地震のあった文政の頃には、すでにうたわれていた。魯文は幕末から明治にかけて、『鈴木主水』や『西洋道中膝栗毛』など多くの戯作や戯文、くどきを書き活躍した人だが、「くどき」それ自体の歴史は古い。

その原形は遡れば鎌倉時代に琵琶法師によって弾き語りされた「平曲」から始まるとされている。その後、時代の変遷をへて、諸国の辻々でうたわれる歌説教、歌祭文、あるいは木遣音頭などの影響を受けて「口説」なるものが成立してきたと思われる。物語や事件を、喜怒哀楽の情をこめた曲調でかきくどいたことから名づけられた。これらの「地震くどき」の曲節にもっとも近いのは河内音頭の新聞語り、木魚を叩いた阿呆陀羅経、そして越後の瞽女さんの「越後くどき」ではなかろうか。この幕末期の「くどき」には、「八百屋お七」「鬼人お松」などの他、多くの「心中物くどき」が流行している。

この吉原の「地震くどき」の結びが、災害から立ち直ってより良い世の中を作ろうと終っているように、復興―世直しの願いが、安政江戸地震を伝える多くのくどきの結びにうたわれている。この大地震が起こったのは、夜十時過ぎであったため吉原の遊郭は極楽から一転、地獄図の様相へと変じていった。

また「新板江戸大地震くどき」は、その時の惨状を次のように伝えている。

中にサアあわれは　新吉原よ　五町残らずみな揺りつぶし　人の死んだる数知れませぬ　何をいうにも逃げ所なし　みんな一緒に揺り殺される　重ね重なり木の葉のように　ことに遊女の所であれば　諸方集まりその客人は　これがどちらの旦那かなとも　あれがいずこの息子が番頭　重ね重なりあまたの死人　山に積んだるその死に人を　腕が折れたり足焼けたりで　いっこう分からぬいずこの人か　分かりかねたるその死に人を　みんな一緒に火葬にいたし　今は吉原すり鉢穴で（以下略）

安政大地震後まもない十二月には、被災した吉原は深川などへの仮宅が許された。この仮宅での商売の様子を、次のようにうたっているくどきもある。この「ぽくぽく」は阿呆陀羅経に使われる木魚（もくぎょ）の音で、当時流行の「よしこの節」にのせて、調子よくうたったのだろう。地震のせいで、暇になった商売は幇間（たいこもち）、役者、芸者、質屋、講釈師、落語家、高利貸し、貸本屋などで、景気のいいのは土建屋、運送屋などの震災バブルに預かった職人衆だという。それらを瓦版にした、地震後の景気不景気を一覧する番付表までもが売り出されている。

地震ぽくぽくよしこの節

地震このかた世の中に　しばらくお間（ひま）太鼓持ち　役者はお休みだんまり場　芸者は座敷がなくばかり　質屋の出入りは御門止め　これはどうしょう講釈師　末の代までも咄し家と腕をくんだる高利貸し　借り手のないのは貸本屋　仮宅がよいは諸職人　振られて帰るもあ

り桝る　地震で儲けた金じゃもの　この頃流行りは土方と車力　一膳飯には茶碗酒　諸式の現金あら物屋　わらじが悪けりゃあやまろう　平屋造りにしやしゃんせ大家のお家も仮宅で地主は普請が出来ぬゆえ　田舎の親類へ金工面　手紙使いじゃ分からない　じしんで参って話します

地震安堵を願う「鯰絵」の出現

安政の大地震後、大いに流行したものに「鯰絵」なるものがあった。それは地底で鯰が暴れると地震が起こるという俗信にもとづき、鯰の姿を戯画化して描いた錦絵であった。その鯰を鹿島神宮の鹿島大明神が「神剣」や「要石（かなめいし）」で押さえ込んでいる姿を地震除けの護符「鯰絵」として板行したもので、これが地震災害の世情をうたった瓦版の「地震くどき」に刷られ大量に売られていった。それらの中には「揺らぐとも　よもや抜けじの要石　鹿島の神のあらんかぎりは」などの歌ものせられている。

最近、新聞テレビなどで富士山周辺の異変が大きく報じられている。富士宮、河口湖あたりでは異常湧水、駿河湾では「油坊主」、「竜宮の使い」などという奇態な深海魚が打ち上げられている。かつての宝永地震の四十九日後に富士山が噴火した時にも、冬眠中の蛇が大量に現れたり、蝙蝠（こうもり）が異常発生するなどの異変があった。敏感な髭のセンサーを備えた鯰や鰻が、急に異常な動きを見せた時、江戸の人々が大地震の心配をしたことも、あながち無理からぬことであろう。

さてこの安政大地震では、家屋の倒壊、地割れ、江戸湾岸の津波、火災などの大きな被害が出たが、この地震で水戸藩の儒学者・藤田東湖も圧死している。またこの時期、海外から英仏独蘭露の船が次々と来航した。この大地震の三年後に井伊直弼が大老となり、勤王攘夷の志士たちを大量に投獄処刑したため、この井伊大老も襲われ暗殺されるなど、世情はますます騒然とした。「鯰絵」には、こうした時代、庶民の暮らしに襲いかかる災害や災難から身を守り、安堵して暮らせる世の中を希求する庶民の強い願い、世直しへの熱い思いが込められていた。

終わりに

この国の古代から中世にかけて主な震災を記録したものとして、日本書紀、日本三大実録（貞観地震）、方丈記などがあるが、戦争もふくめこうした災害の犠牲者や先祖を偲び供養する国民的行事として祇園祭、風の盆や西馬音内（にしもない）や白石島の盆踊りなどが各地に遺されている。今回紹介した「江戸の地震くどき」もまた津波や地震を記した各地の石碑などと同様、多くの犠牲者への

鯰絵「なまずの世直し」

鎮魂と郷土の復興への熱い祈念をこめた、先人たちの後世への警告としてつよく受け止めておきたい。

参考文献

『善光寺大地震』栁沢龍吉　銀河書房　『相川音頭全集』山本修之助　佐渡郷土研究会『瓦版はやり唄』三田村鳶魚　春陽堂　『鯰絵』C・アウエンハント　せりか書房　『盆踊りくどき』成田守　桜楓社　『日本民謡大辞典』雄山閣　『日本史総合年表』吉川弘文館　『日本人はどんな地震を経験してきたのか』　寒川旭　平凡社　『ヴィジュアル百科江戸事情③』雄山閣

第二部

風が叫び、土が歌う

ラジオ深夜便「こころの時代」

聞き手：川野楠己（ラジオ深夜便「こころの時代」ディレクター）

――ある晩、まったく聴いたことのない一つのリズムと、一つの歌詞に惹かれて集まって、お互いに当然リズムにのってくれれば手足が動く、というような形で盆踊りみたいのが生まれたのでしょうか？

私は古代において歌というのは歌だけでは存在しなかったと思います。踊りと一緒に存在した。そして、歌の中には詩がありますね。ですから詩と歌と踊り、これが一緒だったんです。それが、文明が発達するにしたがって分化していくんです。踊りは舞踏になり、歌は音楽になり、それから詩も文学とかになっていく。もともとの形というのは一緒にあった。それを庶民たちが実践していたわけです。文明が発達するにしたがって、それぞれの分野に分かれていく。これは喜んでいいのか、悲しんでいいのかわかりませんけれど、私は本来一緒にあるべきものだったと思うんですね。

――民謡とはいったいどういうものなんでしょうか？

町田佳聲先生が分類されているのは、郷土民謡、創作民謡、それからわらべ唄と流行唄（はやりうた）があると言っているんですね。それから踊り唄、盆踊りのためだけの唄とか。だけど実際はやはり、作業、農作業、そこから生まれてきていると思うんです。働く時のリズム、特に農耕作業。弥生時代から稲作で暮らしていますから。そういう稲作の作業、田植え、稲刈りの時の動作。それから鹿とか猪とかを山で狩る時の叫び声、動き、そして獲物を獲った時の喜び。海では魚を捕る時、網を使う共同作業になりますから、お互いに大漁の喜び、網を上げる時の動作、かけ声をかけて歌う。そういう一緒に「働く」中から生まれたんだと思います。さらにお盆の時など先祖に捧げる唄とか、八百万（やおよろず）の神さまに豊作の喜びを伝え感謝する、そういう唄が生まれたと思います。

——唄が豊作の喜びから出てくることも当然あるわけですね。

そうですね。豊作になってほしいとか、あるいは雨乞いもあります。雨が降らないと農作物はできませんので雨乞いの唄もそこから生まれます。

——文字通り農耕民族の素朴な願い、それが成就した時の喜びというようなものが、民謡にこめられてきたと考えられるわけですね。

そうですね。そして先祖に感謝をするという意味ではお盆を各地で行います。あれは先祖に対する供養と感謝の念で、それから秋祭りというのは収穫の喜びですから、八百万の神さまに感謝をする。農民同士、漁民同士でお互いに励まし合う、そういうものもあると思うんです。

——まず「民謡とは」というところからお話をうかがい始めたのですが、そもそも佐藤さんがこの世界に入られた動機、あるいはこういう世界を知った時の感想はどんなだったんでしょうか？

私は六〇年代には詩を書いておりまして、今も書いておりますけれども、その時に当時モダン・ジャズが流行りまして、私も大変なファンでした。詩を書くこととジャズ、これをどうにか結合させて何かできないかと詩人たちが集まって、そういう会を作ったんです。その時に白石かずこさんとか諏訪優さんらとの出会いがありまして、これは一九六三年ですけれども、マックス・ローチという世界的なドラマーが日本に来られたんです。その時、私はローチとホテルで会ったわけです。いろいろとお話をしたのですが、彼はドラマーですから日本の太鼓、日本のトラディショナルなフォークソング、民謡ですね、それについて聞かれたんです。その時、私には知識がまったく乏しくて恥ずかしい思いをしたんです。私自身も、じつはそのころ「民謡をやらなくてはいけない」ということを感じていました。当時の現代詩がなぜ普通の人に読まれないのか。それは「現代詩というのは非常に難解である」ということです。でも本来はさっきも申しましたように、古代、中世からずっと詩は民衆と一緒だったんです。ところが現代になって、とくに戦後はまったくと言っていいくらい現代詩が孤立しているんです。私はその理由が、ひとつは庶民がうたってきた民謡の中にも「詩」がある。これをなんとか追求しなくてはいけないという思いがあり、それがマックス・ローチに言われたこととピッタリと一致したわけです。それから私はしゃかりきになって民謡の勉強を始めたのですけれども。ひとつは私は疎開っ子で、戦争中は小学校の三年生くらいでしたけれども、疎開した父の実家が秋田県の仙北郡だったわけです。囲炉裏を囲んで夜は近所の大人たちがお酒を呑みながら。当時はテレビもありませんから、何をしたかというと唄をうたうんです。

マックス・ローチと著者

「秋田おばこ」だとか「おけさ節」とか「生保内節」とかあの辺の。今は民謡の宝庫と言われていますが、そこで少年時代は暮らしていました。夏は近所の野原や神社に屋台がかかって女の子たちが綺麗な着物を着て盆踊りを踊る。三味線や太鼓もありました。戦争中でしたが結構そういうことは続けていました。そういう印象がやはりつよく残っていたんです。それが私に幸いしたと思うんです。それがなかったら民謡研究といっても、活字の上での研究ですから実際の勉強にならない、実際に唄や踊りを見たり聴いたりすることが勉強なのですから、幼い頃でしたが、そういう時期が三年ほどあったわけです。それもひとつのきっかけかもしれません。

——それでお話がちょっと前に戻りますが、そういうモダン・ジャズの中からルーツとして民謡というものを感じられたということも先ほど触れていましたけれども、やはりモダン・ジャズの中にも民謡の形をとったものがあるんでしょうか?

モダン・ジャズは、その前は単なるジャズでしたけれども、そのジャズをだんだんと遡ると、何があるんだろうかと言うと、それはアフリカから連れてこられた黒人奴隷たちの唄なんですね。それが根っこにあるんですよ。たとえば野原で、コットン・ソングという綿畑での作業を歌ったり、フィールド・ハラーという野原での叫び。要するに大声で何か叫びたくなるような心境。それからワーク・ソングですね。それからスピリチュアル。これは「私を救ってください、助けてください」という、本当に神に救いを求める、あるいは感謝する、そういう黒人霊歌ですね。あとペドラー・ソング、これは物売りの唄ですね。いろいろな物を売りに来る、それが唄になっています。そういったものが流れてきて、そこに自分自身の本当に率直な気持をうたいこんだ唄、それがブルースなんですね。このブルースこそがジャズの根源なんですよ。だから根源にあるブルースがわからない限り、ジャズがわからないということで……。

それでは今日は勤労感謝の日ということで、労働の唄、作業唄、そういう民謡のいくつかをご紹介したいと思います。一つは「金掘り唄」というのがあります。この「かな」というのは鉄ですね。それを掘る作業唄。鉱山の唄です。まずはじめに栃木県の足尾銅山。これは慶長十五年ですから一六一〇年に開山されました。その足尾鉱山に「石刀節」というのがあります。「坑夫さんとは名は良いけれど　奥山住まいでコリャ穴のなか　浮き世苦労を渡良瀬川の　水に流して共稼ぎ」というのがあるんです。カンテラの灯りを頼りにコツコツと穴を掘りながら、毎日穴の中で暮らす重労働ですね。地面の底で泥んこになりながら夫婦で働いた方もいたようです。「かね」とは先ほども言いましたように鉄ですが、「シロガネ」というと銀ですね。「コガネ」というと金。「あかがね」というと銅です。普通、「かね」というと銅のことも言うようです。あと鹿児島の枕崎、ここにも金山がありました。ここは一六一三年に開かれたのですが、ここの唄で「坑夫さんにゃどこ見てほれた　仕事がえりのよごれづら　坑夫さんたち山から山へ　花の都に縁がない」という唄があります。それから岡山県の吹屋町ですね。ここに吉岡銅山があって、そこに残っている唄では「坑夫さんとはしらずに金掘り仕事　諸国鉱山渡り鳥　坑夫さんとはほれた　ゆけば奥山小屋ずまい」。言ってみれば、坑夫さんというのは諸国を渡り歩いて、だけどどこか格好良いので惚れて一緒になってみれば、各地の山を渡り歩いて暮らす、そんな辛い生活だったという唄です。

――だけどこれは地方的に遠くに離れているのですが、なにか共通した歌詞といいますか、言葉がありますね。

そうですね。これはやはり諸国を渡り歩くからでしょうね。専門家、職人さんですから、「この山が終われば今度はこっち」と呼ばれますから、そういう職業であったと思います。

――そういうことで言いますと、酒造りの杜氏（とうじ）なんかも同じようなことが言えるわけですね。

ええ、酒屋唄というものがあります。たとえば南部杜氏というのは岩手ですね。この岩手の南部杜氏というのは北海道、青森、福島、こういうところに出張っています。関東は杜氏さんがいなくて、越後杜氏が出稼ぎしています。それから中部圏、ここも越後杜氏ですね。富山、長野、山梨、静岡、愛知。一番盛んなのは、近畿です。丹波、丹後、但馬杜氏が、伊丹、池田、灘で活躍します。そういう風に各地の杜氏さんがあちこちに出張っていて、そのためか唄も割と共通したものがあると思うんです。酒造り唄というのは、酒造りの過程に伴って唄が違ってくるんです。これがとても面白くてご紹介したいと思うのですが、一番最初は「桶を洗う」ところから始まるんです。「今朝の寒さに洗い番どなた　かわいい男の声がする」これが南部杜氏の桶洗いの唄です。それから「米踏み唄」というものがあります。これは米を精白する作業です。あと「水釣り唄」「水汲み唄」という、井戸から水を汲む時の唄です。あと蒸し米を揉む作業。「酛（もと）すり唄」「仕込み唄」など、これはもろみの醸造と発酵を促す作業です。これを櫂でこぐわけです。一万回、二万回、三万回とかき回すわけです。これが一番大変らしいです。で、二十日から三十日間かかる作業で、唄も長いんです。「伊勢道中」という長い唄が一時間にわたって歌われると。早朝の三時頃に歌って、それから四日おいて午後の三時頃に「とめ唄」、それで仕事が終り唄が終わります。あと終わった後にこれを槽（ふね）にかけてしぼるという「酒しぼり唄」があるんですね。このように大体七つの過程があります。

――やはりこの作業の手順にしたがって、こういう唄というのは、その動作の中から自然に生まれてきたんでしょうね。そのリズムみたいなものが、作業に合わせた唄になっていると思うんですが。

そうです。たとえば「数え唄」で、水を汲む作業で数を間違えないようにしています。水が多すぎても少なくてもいけない。それをどういう風にしたかと言うと、数え唄でやっています。これは関東の杜氏さんたちですけど、四つめには「四谷、赤坂、麴町　たらたら落ちるはお茶の水」と、これはよく映画の寅さんの台詞にありますでしょ。これがこういうところにもうたわれているんですね。七は「七は県庁七曲り　曲がったかどから三軒目　表看板タバコ屋で　なかでおそそのきざみ売り」。ちょっと言葉があれですけれども、そういうことを言って眠気を覚ましたわけですよね。これが二十まで続くんです。「九に公方さん」徳川将軍ですね、「公方さんはお江戸で金が　あっても貸さない芋大尽」という痛烈な風刺もあります。それをこういう作業の中でうたっている。それから十六は「十六羅漢ではたらかん　親は折檻子はきかん　みかんきんかん酒の燗　羊羹くわせりゃわしゃ泣かん」。それから二十番目に「二十歳恵比寿でひと儲け」、そこで終わるんです。したがってこの作業は、こういう一から二十まで歌詞があって、それを歌いながら水を汲んだんですね。だから桶の数を間違えないんですね。

――ちゃんと何杯汲んだかわかるように唄の順番を数えながらやっていったんですね。

要するに楽しみながらね。それでお上の文句も言いながら。それから好きな女の子のことも歌いながら楽しく。本当は辛い作業ですけれども、なにかそういうところに生活の匂いがしますね。それから島根の出雲の同じ「酛すり唄」でも「島根出雲は杜氏の本場　神代ながらの御神酒造り」と、あと五連も続くんですけれど、これは全部松尾大社とか出雲大社への真面目な捧げ唄です。なにか島根、出雲の杜氏さんは本当に真面目な人ばかりだったんじゃないかという風に思いますね。

――そうしますと言葉というものも、いわゆる詩人が言葉を書いてというのではなくて、なにか庶民の自然の中のつぶやき、かけ声みたいなものから、いわゆる民謡の歌詞というものが生まれてきたんでしょうね。

そうですね。最初は言葉というよりも、むしろかけ声とか叫びとか、そういう単純なものだったと思うんです。最近はそういう体をつかう労働もしませんから、かけ声もかけない。「よいしょ」とか「どっこいしょ」とかそういうことぐらいです。本当は海で働くとか、あるいは田んぼで働く、あるいは工場で働く、そこには唄があったと思うんですね。今は機械化されて、漁も網を大勢で引いてやる漁はなくなって、船で一網打尽にとってしまうとかね、機械化されてしまうのでかけ声もだんだんと薄れてきているんじゃないですか。昔は本当に民謡を聴くと、いいかけ声とか囃子ことばがありますよね。これは本当に日本人の音感は凄いな、そういう驚きに繫がってくると思います。

――作業そのものが変わってしまいますと、唄そのものも変わってしまっているわけですね。

そうですね。もう唄がいわゆる労働と一緒ではありませんよね。ここにこんな数字があります。「一九四五年、三千四百十四万人」「一九六〇年、一千二百七十三万人」「一九七五年、六百十八万人」「一九八八年、四百三十四万人」「一九九四年、三百四十五万人」。この数字は何かというと、日本の農林業に従事してきた就業者の数なんです。一九四五年に三千四百万人いたのが、一九九四年には約三百四十九万人。一割になってしまったんです。漁業について言えば、一九四五年に六十七万人あったのが、一九九四年には二十八万人。林業も一九六〇年に四十四万人いたのが七万人になってしまったと。さっき鉱山の話をしましたが、鉱山に至っては一九四五年に四十三万人いたのが一九九四年にはたったの六万人。こういう状況から言うと、新しい民謡がそこから生まれてくる可能性はまずありませんね。人口が減っているというだけではなくて、作業の形態もまったく変わってしまった。こういう改革とか技術革新、それが生み出した恐るべき一面だろうと思うんですね。もちろん悪い面だけではありませんが。だから日本の民謡をこれから守り、育てるには、やはりこういう現実からどう考えるのか、そしてどういう風に民謡をこれから後世に伝えていくかということを考えなくてはいけないと思うのですね。

――本当に作業唄がどんどん消えていってしまう。一つはこういう必然性があったんですね。

そうですね。それと同時にテレビとかが普及されてきて、ポップスとか軽音楽、いわゆる演歌もだいぶ人気が落ちているようですが、こうした民謡が入る余地がメディアの中でも非常に少なくなってきている。これも私は問題だろうと思うのですね。

――そういう形でこの民謡というものを改めて紐解いていったのでしょうけれども、この民謡というものを深く見ていきますと、万葉集、古事記まで遡るということですが、その辺はどのような印象を持たれましたでしょ

うか？

最初は北海道から九州、沖縄まで、各地の民謡をいろいろ調べたり聴いたりしたんですね。そうしたある時、「これは遡るといつ頃作られたのかな」ということにまず関心を持ったのですね。そうするとまず江戸時代に『山家鳥虫歌』という民謡の素晴らしい本があるんですね。それ以前はどうかと言うと、これがやっぱり中世にいくと『梁塵秘抄』とか『閑吟集』とかいう庶民がうたった唄が本になっているんですね。だけどその前はどうだったかとだんだん遡っていくんです。そうすると、これが『万葉集』であり、『古事記』であり、『日本書紀』の歌謡なんですね。というのは、それ以前は文字がありませんから本として残っていない。だけどそれ以前はどうだろうかということを考えました。一つは、中国に『詩経』というものがあります。この中に「国風」というものがあり、これが民謡なんですね。そこで古代の中国の人がうたっていた唄に、やはり万葉と結構似たような感情があるんですね。これは風俗とかではなくて、むしろ感情、気持ち、心、これがまったく似ています。だからおそらく渡来人を通して、そういう感情も当時の日本に定着したのではないかと私は思います。だからこの『詩経』にも大変関心があります。

――日本の民謡というものをかなり古くまで遡るとおっしゃいましたけれども、たとえば『梁塵秘抄』とかというものになりますと、いつ頃の文献なのですか？

『梁塵秘抄』というのは嘉応〜建久年間（一一六九〜九二年頃）に編纂されました。これを編纂された方は後白河上皇ですね。その唄は「今様（いまよう）」という、当時の平安時代の流行歌ですけれども、上皇が不遇時代にそれに大変夢中になって、朝から晩まで、屋敷でも鴨川へ浮かべた舟の上でも「今様」を歌う。それを教えてくれるのは「乙前（おとまえ）」という、歳をとった当時の遊女なんです。その方がとにかくいっぱい唄を知っているので、その乙前さんにくっついて唄を勉強したんですね。ですから後白河上皇は若いときから「今様」のたいへんな名手であった。これは今で言うカラオケですよ。ああいうところに行って一晩中、唄を歌っている。それだから庶民の心がわかるんですね。ですから、そういう傀儡（くぐつ）師集団というか下層階級の人とも付き合った、とても今では考えられませんけれども、そういう天皇であったわけですね。ですから、この『梁塵秘抄』という一冊がなければ中世の民謡というのはわからないわけです。こういう凄い本を編纂された。これは全二十巻ですね。最近、明治になってそれまで不明だった二冊が出てきて、この存在が初めてわかったのですけれども、大変な本ですね。この中身がまた凄いのです。この「今様」というのは、庶民から貴族にいたるまで、広範に歌われていました。唄の内容は今から見て文学的にもしっかりしていて、当時の風俗や人々の考え方が如実に反映されているという意味で大変いい詩集であると思うのです。たとえば「遊びをせんとや生れけん　戯れせんとや生れけん　遊ぶ子どもの声きけばわが身さえこそ揺るがるれ」ですね。これは有名な歌ですけれども。

――どういう意味だと思ったらいいのでしょう？

これは人によって解釈が違ってもいいと思うのですね。私はこの唄に最初に出会った時、ちょうど昼寝から目が覚めた時、遠くの方で子どもたちがワイワイ騒いでいる。聴いていると鬼ごっこをしているのかな、石蹴りをしているのかな、という感じですね。それが遠くで何か子どもたちが賑やかにしているというのが夢うつつの中に聞こえている。そういう時にこの「遊ぶ子どもの声きけば、わが身さえこそ揺るがるれ」、起きて自分もちょっと何かをしなくちゃという気持ちになってくる。私はそういう解釈なんですよ。様々な解釈の仕方があっていいと思うんですけれどね。

――この「遊びをせんとや生れけん」と「戯れせんとや生れけん」。この言葉は非常に印象的ですね。

そうですね。今の子どもたちを見ると、土曜日も勉強に追われていますよね。土曜日はサタデー・スクールとか、夏はサマー・スクールだとか。せっかくの夏休みとか、本当に遊ぶ暇がないでしょ？　本当に子どもが声をたてて遊んでいるというのは最近聴きませんよね。声をたてて遊ぶというのはとても楽しいのにね。おそらく家の中で一人でゲームをしたりしているのかもしれません。あるいは勉強したりしているのかもしれません。ですけど、この平安時代の子どもたちは本当に元気に「遊ぼうよ」「何かしようよ」って。そのために子どもって生まれてきたんじゃないかと。遊ぶためにね。勉強するために生まれてきたのではないよ、むしろ逆説的にね。そういうおおらかさというか、良さがこの唄にはありますね。だからこういうのが教育の原点ではないかと思うのですが。

――この『梁塵秘抄』をはじめ、それらの言葉を見ていきますと、当時の方々の心の機微みたいなものが、あるいは秘められた情緒のようなものが浮き上がってまいります。そういう意味ではまさにこの民謡の世界というのには、いわば古代の人々の考え方みたいなものが今日まで伝わっているということが言えるわけですね。

そうですね。今日の民謡をみると、まったくうたっている感情が変わってません。こんなに近代化された時代になってきても、本当にそこにある人間の感情というのは変わらないと思うのです。いわゆる喜怒哀楽という、喜びとか悲しみとか。だからそれが連綿と続いているという風に私は思うのです。『万葉集』の制作年代の最後は七五九年と言われています。ですけれども、それ以前の三百年から四百五十年の間に作られた歌がそこに編纂されている訳ですね。ですから、四百五十年間の歌がそこに入っているという、大変長期にわたる歌ですね。それが編纂されて、約四千首が短歌で、残りが長歌とか旋頭歌になっているわけです。それで枕詞は万葉集で大変賑やかに、花を開くように使われているわけですけれども、なぜ枕詞というものが発生したかと言いますと、西郷信綱先生は「発音される音を整えるために使われたものじゃないか」と言われているんですね。ですから、「あしがらの」とかいう風に言われますけれども。私は当時、たとえば「高麗錦(こまにしき) 紐の結びも 解き(と)放(さ)けず 斎(いわ)ひて待てど 験なきかも」「高麗錦　紐解き放けて 寝るが上に 何(あ)ど為(せ)ろとかも あやに愛(かな)しき」とか、高麗錦をさかんに歌っているんです。これは高麗、朝鮮から来た、当時流行した紐です。それでこの高麗錦の歌が盛んにうたわれているんです。それからもう一つは、「紐解く」という言葉は何かと言いますと、これは「男女がお互いに愛し合った」、そういう意味なんです。ですから「高麗錦」というとすぐに「紐解く」にかかるわけですけれども、その「高麗錦節」みたいな形で当時この歌が大変流行したのではないか。というのはその頃あまり文字を書ける人がいませんから。だからほとんどの方がうたう、オーラルメッセージ、口伝えにうたうものであったわけです。この中に「筑波嶺に廬(いお)りて妻なしに吾が寝む夜は早も明けぬかも」というのがあります。これはどういう歌かというと、筑波嶺の歌垣の祭に誰か好きな女の子を探しに行ったけれども、結局自分は振られてしまって一人で寝るしかない、早く夜が明けてくれないかな、という悔しい歌ですね。『万葉集』以前の『古事記』というのが七一二年。そして『日本書紀』が七二〇年です。その中にいっぱい歌が入っています。それを一つ紹介しますと、たとえば「沖つ鳥鴨着く嶋に我がい寝し妹は忘れじ世の尽(ことごと)に」。これは『古事記』の歌謡ですけれど。これはどういう意味かと言いますと、沖を飛んでいる鴨が居着いている島。そこに私も好きな女の子と一緒に泊まった。この夜のことはいつまでも忘れないだろうという、大変なロマンチックな歌ですね。これは本当に庶民的な感情といいますか、今日にも通じる感情です。ですから男女の愛をうたっても、おおらかな古代人の生活がここから匂っていて、しっかりとそこに見えると私は思うんです。

——文字通り風景と言いましょうか、自然の中で、風の声、土の叫びみたいなものを当時の人がちゃんと聞き取って、それを言葉として、うたとして口ずさんでいたんですね。

そうですね。文字がだいたい読めませんしね。すると何で交流をしたかと言うと、うたですよね。オーラルメッセージというんですか、口伝え。ですからそういう音感、言葉の中に日本の古代人の音感が生きていると思うんです。その音感をさらにうたいやすくするために枕詞というものが考えられています。だからけっして文字でうたを作るために枕詞ができたのではなくて、歌うために枕詞というものが必要で、そういう枕詞を庶民でも歌っていたのではないかと私は思うんです。

——佐藤さん自身が詩人として詩を作ってこられた中で、こういう民謡の言葉との関わりをどのようにまとめていただけますでしょうか?

言葉というのは発される音声による言葉と、いまでは文字でもあるんですね。だからいま私たちがよく見る現代詩というのは雑誌とか詩集で見るでしょう?みんな活字になっていますよね。これは私が尊敬していた諏訪優さんという詩人が、それは「文字詩」だと言うんですね。あるいは「活字詩」であると。それは私もまったくそう思うんです。「文字詩」「活字詩」、じゃあ他に何があるかと言ったら、肉声によるメッセージ、人間の声による朗読があるんですね。だから語る、人に聞いてもらう、それが詩の言葉の原点だと思うんです。途中から文字が入ってきましたから、文字に片寄っていって、どうしても文字による修飾語、それから活字による思考方法という風になっていくわけですね。それで本来の詩が置き去りにされてしまった。そのために詩が庶民離れしてしまっている。そのことをまず一番に言いたいと思いますね。なぜ私が民謡に関わったかというと、それは詩のためでした。詩を書くために民謡を勉強しなくてはいけないということから始まったわけですから。それをどう詩へと還していくのかということが私の課題です。

*

――実は昨日からこの佐藤さんのお宅へうかがって、書斎というよりもむしろ書庫の中に座っているような感じで。周りが本当に民謡の本、あるいは詩の本で埋まっているのですけれども。たとえば『日本民謡大観』、これが全巻揃っておりますし、本当に古い時代をしのばせるような古書もありますが、これはどのくらいの本が、どういう種類の本が集まっているんでしょうか?

一番多いのはやはり民謡関係、歌謡関係ですね。民謡だけではなくて古代歌謡、それから中世歌謡ですね。それから近世と下ってきて、明治の頃ですね。おそらく全部で三千冊くらいあるかな。詩と民謡ということで三千冊。この部屋以外にもありますから。

――貴重な本もありますね。そういう本に囲まれながらの生活なんですが、改めて民謡というものについてうかがっていきたいと思うのですが。民謡の原点は労働のリズムだと昨日お話が出ましたが、民謡はやはり労働から生まれたと言っていいんでしょうか?

そうですね、原点は労働、その労働から生まれる産物、米とか魚とか鳥獣ですね、そういうものを手にした、そういう喜びもうたっていると思います。ですから原点は働いて何かを得る、そのために感謝をするということから生まれていると思いますね。

――そういう現状をふまえながら、民謡の言葉とリズムで、囃子ことばやいろいろな言葉を巧みに唄の中に取り入れているんですね。

私は民謡の囃子ことばを分類してみましたが、一つは擬音や擬声から来ているものですね。それからかけ声から来ているもの。合いの手、それから言葉の意味が音に変化したもの。そしてまじない言葉。と分けられると思うのです。これを聴いただけで、その仕事の内容も想像できるのではないかと思うのですけれども。たとえば、「アーゴッション　ゴッション」というのは何の音かと言いますと、粘土を突く音なんですね。山梨の「粘土節」というものがありますけれども、粘土を突く「ゴッション　ゴッション」。それから「アーコッシン　コッシン」、これはノコギリを引く音なんです。だから木こりが山に行って、「アー　コッシン　コッシン」とね。あと「ガッシン　ガッシン」というのがあります。これはノコギリの種類によって、大木を切るノコギリと違いますでしょ。だから擬音も違ってきます。

――それがうたの文句の間に出てくるわけですね。

そうですね。音頭取りと、一人が独唱して全体が囃子ことばで囃すとかね、そういう風にうたわれたと思うんですね。それから面白いものでは「ザラントショウ、ザラントショウ」というのがあります。これは何の音だと思いますか？

――ちょっと想像つかないですね。

これは刈り取った稲穂を束ねて馬の背や稲架(はざ)に掛ける、その時の音なんですね。「ザラントショウ」という。これは稲上げ唄として宮城にあります。それから「アーコツコツ」という、これもまた可愛らしい音ですけれども、これは船端を叩く音ですね。大分の「コツコツ節」というものがあります。それから「ザーンザ　ザーンザ」というものがあります。水をかける音ですね。これは木遣り唄の中によくありますけれども、江戸時代は「ざんざ節」というものがあって、今でも長崎の「岳の新太郎さん」ではこの「ザーンザ　ザンザ」という囃子ことばが使われています。また「テンニョ　テンニョ」という、これは綿を打つ弓の音ですね。ですから全部、こういう仕事と結びついて唄の中に使われている囃子ことばなんです。そこにリズムであります。それからかけ声でいくと、一番有名なのは「ヨイサノマカショ　エンヤコラマカセ」という最上川の舟唄があります。これは有名ですけれども、これも囃子ことばとして大変優れた囃子ことばだと思います。それから有名なのでは、「ヤーレンソーラン」ね。「ソーラン　ソーラン」と入って、これが前の囃子。で、真ん中に唄が入って、後で「ヤーサイヤノ　ドッコイショ　アードッコイショ」と後囃子が入って。これは沖の方でニシンを揚げる時の唄で、やっぱり労働歌ですよ。今でこそ「ソーラン節」と「よさこい」がドッキングして、踊りを入れて「よさこいソーラン」と全国的に盛んになっていますけれども、「ソーラン節」自体はニシンを沖で獲って舟へ揚げる時の、力強い歌だったんですね。

――そういう風に労働から生まれた囃子ことばが、一つのまとまった唄として、「鋳銭唄」があったということですが。

気仙沼の方に銅山ができて、その時に銅を吹いて銭を作る「銭吹き唄」というんですか、そういう唄ができたんです。銭を作るということは大変良いことだ、めでたいことだというので、お祝いの席で歌われるようになりました。これはもう慶長年間に唄われた「鋳銭坂」というんですが、これが大変おめでたい唄なので、岩手県、宮城県の側から峠を越えて秋田県に入ってくる。それで秋田県の仙北地方にもやはり鉱山があったんです。それでそういうところで最初は歌われたんですが、鉱山が廃れてくると、お座敷に入っておめでたい結婚式などで唄われる唄になった。「姉こもさ」という唄がありますが、その歌詞は詩として大変優れていると思いますのでご紹介します。「恋しさに　空飛ぶ鳥に　文をやる　この文を　落としてたもな　頼みおく　一代の　風切り羽を　落とすとも　お前より預かりし文は　わすれまい」。これは「あなたが恋しくてならないから、飛んでいく鳥に手紙を預けます。空飛ぶ鳥よ、この手紙を落としてくださいますな、きっと頼みますよ。たとえ一代限りの私の大事な風切り羽を落としたって、お前さまから預かったこの手紙、きっと届けてあげますから」という唄なんですね。これは私も大変好きな文句で、古い調子が残っています。これは慶長頃の詞句がそのまま生きてきているんじゃないかと思います。

――この唄は手紙を託した女性の願いと、それを受け取った鳥の答えが掛け合いになっているんですか?

そうですね。最初の二連が「お願いしますよ」。後の二連が「承知しました」というものになっています。詩としてとてもいいでしょ? 真情が溢れている。この率直な真情というのは、やっぱり現代人に是非残していてほしいものです。今はメールですからね。民謡はいろいろな形式でうたっているんですね。一つは「音頭形式」と言って、音頭取りがうたって後の人が追っかけてかけ声をかけていく。それから「掛け合い形式」があります。さっきの「姉こもさ」も掛け合いですけれども、もっと激しい男女の掛け合いをする青森の「ナオハイ節」というのもありますね。これは男女の掛け合いです。それから「問答形式」。それから「数え歌形式」というものがあり、有名なのに青森の「弥三郎節」というものがあります。これは嫁いびりの唄として今も残っていますけれども、大変リアルな唄です。それからあと「尻取り唄」というものがあります。これは文字通り「尻取り」を唄に応用していく。だから日本人というのは音感をそれぞれの生活、生産の場所にふさわしいような言葉にして使っているんです。田植え唄もそうです。そういう風にどんどん場所に応じて唄を作っていく。それは本当に即興詩人みたいですよね。そういう音声、音感を備えていたと思うんです。民謡のリズムです。これは日本語の特徴として、音声の特徴というものがあります。これは、たとえば音の高い、低い。それから強弱。長い短い。あとその人の声量ですね。それによって成り立っていると思うのですね。これらの言葉のくり返しによってリズムが生まれてくるんですよね。明治、大正の頃は言語学者は、日本人が一息で喋れるのは十二音だというんです。そうするとその十二音を二つに分けると七と五でしょ？　あるいは五・七ですね。それで岩野泡鳴という人は当時、明治の頃に言葉を研究した文学者ですけれども、彼は七五調、五七調というのは万葉に割と多いと。五七調は音感としてはやや暗いと。で、七五調というのは明るい。だから七五調がよく使われるのはそのせいだというんですね。その後の足取りを見ますと、平安期の「今様」なんていうのは七・五、七・五の四連なんです。このように七五調というのは大変よく使われる。これがリズム化されるんですね。発音され、音になってはじめてリズムというものが生まれます。やはり耳から聴いて、それが心に伝わるわけですから。そういう意味で日本語の音声というのは、そういう特徴があるということをまず頭に入れておきたいと思います。

――なにかそういう、全ての民謡をうまくまとめたものが古書の中にあるようでございますね。『山家鳥虫歌』。

そうですね。これは一七七二年、明和九年ですね。覚えやすいのは江戸の目黒の行人坂から火事が起こって、江戸中が大火になった、それが明和九年。江戸の人たちが迷惑したので明和九年、というのは大変覚えやすい。これは田沼意次（おきつぐ）の時代です。その時に作られた本なんです。これを編纂した人は大阪の河内の人で、中野得信という人です。これには東北から九州まで六十八カ国三百九十八首の民謡が採集されているんです。当時としては驚くべきことだと思うんです。たとえば但馬中心に作られた唄とか、あるいは菅江真澄（すがえますみ）が編纂した東北の『鄙廼一曲（ひなのひとふし）』という民謡集はあるのですが、『山家鳥虫歌』は本当に貴重な本です。しかも実際の山村、漁村に彼が行って採集したと思われる節があるんですね。この本については高野辰之さんという、文部省唱歌の「故郷」「もみじ」「春の小川」「朧月夜」などを作詞した方なんですが、この人は大変な歌謡学者なんです。『日本歌謡集成』という全十七巻、最初は十二巻でしたけれども、後に五巻追加されて、古代歌謡から中世歌謡、それから近世歌謡を全部網羅した全十七巻という膨大な歌謡集を作ったんですね。その方がこの『山家鳥虫歌』について、ここには山村や漁村の盆踊りとかの唄も入っていて、内容は男女間の恋愛が六分、祝い唄が二分、他の二分が教訓や洒落であると言っています。男女の恋愛というものを民謡がずっとうたってきたということがわかります。恋愛の唄であっても、それを仕事の中でもうたっているんです。たとえば臼を引きながら、好きな人を思いながら引くとか、男女で臼を引く時は、お互いに唄いながら引くとか、そういう唄も入っています。この本についてはもう亡くなりましたが、藤沢衛彦さんという民俗学者も、「歌詞の内容が時代の思想、感情、感覚の所産であること」、そして詩型が大変唄いやすくなっているのがいいと言っています。このうたいやすい詩型というのが七七七五型なんですね。ですから今の民謡のほとんどが二十六文字。この詩型がこの歌集によって、この時代に完成したんですね。この詩型は歌集の中で約八〇パーセントを占めています。ですから「近世歌謡形式」と言われる二十六文字のこの歌謡形式はこの歌集によって成立したと言ってもいいくらいです。

――そしてこの中にうたわれている詩句は、言うなれば当時の人たちの心の叫びですね。

そうですね。たとえば『山家鳥虫歌』の中には「江戸へ江戸へと木草もなびく　江戸にゃ花咲く実もなりて」という詩句があります。これは備後、岡山の方の唄ですけれども、どこかで聴いたような文句ですね。この「どこどこへ」「どこどこへ」と「木草もなびく」は「佐渡おけさ」にも歌われています。「佐渡おけさ」

『山家鳥虫歌』の挿図

というのはもともとは九州の平戸の方からの廻船で船頭さんたちが運んできた唄なんです。それが北前船という大阪―松前間の海運に乗りまして、この平戸の「ハンヤ節」という賑やかな唄が各地で定着して、土地の唄となっていきます。そのうち佐渡に定着したのが「佐渡おけさ」なんです。船頭さんたちが、風を避けたり、ある時は風を待ちながら港で待機します。それから風が吹いたりいい潮が流れるまで待つとか。そのために船頭さんたちが港、港で長逗留をし、苦労して航海し松前まで行きます。また帰りは松前から北海道の昆布とか熊の皮とか鮭を持って帰って来るわけです。港、港で船乗りたちが苦労して運んできた、そういう民謡です。青森県の日本海側に深浦という港があります。ここは古い北前船の港なんですけれども、そこに私は一昨年（二〇〇四年）に泊まったことがあります。その旅館（さざえ荘）の女将さんが、当時八十七歳、もう九十歳になっていますかね、その方のお話ですが、大正の子どもの頃、瞽女(ごぜ)さんとか、坊(ぼん)さんといって、大正、昭和の初め頃には津軽三味線を弾きながら家に来ていたといいます。その日の門付けで、お金やお米がもらえないと、旅館へ泊まれないわけですよね。そういう人たちがどこに泊まったかというと、近くの海岸の方に洞穴がいっぱいあって、そこに泊まったというんです。そこはホイド穴と言われていて、ホイドというのは、いわゆる放浪して歩く、祝い人とも言うし、乞食という人もいます。そういうホイド穴というのがあるんですね。だからそこに民謡をうたいながら旅して歩く人たちが寝泊まりしました。民謡の貴重な遺跡だと思います。ですから、『山家鳥虫歌』の「江戸へ江戸へ」というのが「佐渡おけさ」では「佐渡へ佐渡へ」ですね。それから「相馬二遍返し」

という福島の唄では、「相馬相馬と木萱もなびく　江戸はどんなに住みよかろ」とか、この「どこどこへ」「○○もなびく」というのは、類型歌であちこちにあると思います。『万葉集』の東歌は庶民の歌であるし、中世の『梁塵秘抄』の中にも庶民の歌がいっぱいあります。それから江戸期に入って『山家鳥虫歌』。その民謡の中にうたわれているのは、やはり生々しい人間の喜怒哀楽ですよね。それがすべて作者不明なんです。ですから、一人の詩人がというより、作者不明のすぐれた唄がうたい継がれていくという、それが日本の詩歌の深層海流だと思います。

――昔の人の喜怒哀楽が、現在まで流れてきているわけですね。

それらの本の編纂者ですね。たとえば『万葉集』を編纂したのは最終的には大伴家持と言われていますし、『梁塵秘抄』は後白河上皇です。そして『山家鳥虫歌』については中野得信と言われています。つまり、編者が庶民の心を嗅ぎ取って、それに通じていたからこそこれらが残ったんだと思うんですね。そういう意味で編者たちは庶民の心のよくわかった人たちだったなと思います。

――やっぱりこういうのを聴いていますと、民謡の持っているテンポとかリズムというのは民謡の基本になっていると思うのですが。そのリーダー役になっているのが日本の楽器でいう太鼓でしょうか。

そうですね。太鼓はどこのお祭りでも主役になって人々の心をドンっと励ますわけですね。これはやはり太鼓を打つことによってその地域を神聖にする、清めるという願いがあるんです。だいたい太鼓は牛の皮でしょう。牛の命をもらっている。それともう一つ、欅（けやき）。二百年、三百年の大木の命を頂いて大きな太鼓は作られていますね。

――胴の部分は欅の木ですか。

欅が多いですね。だから太鼓を叩く人たちは牛の命と木の命をいただいて、それを叩くということは、大変身の引き締まることで、単なる遊びではなく、やはりそこに真剣に心をこめて叩かれていると思います。本当に命を込めて必死に叩いているというか、そこから音が跳ね返ってきて私たちの心の中に入ってくる。その音が、野原で三尺の太鼓を叩くとだいたい一里近く離れていても聴こえるといいます。ですからそれほどの凄い音を出して、周囲を神聖な汚れのないものにしていく、太鼓というのはそういうものなんですね。

――やっぱり人々の願いがそこに込められているということでしょうかね。

私はメッセージだと思うのですよ。願い、祈り、それを伝える。人々に伝えたい。それはメッセージだと思うのです。黒人がアフリカからアメリカに連れてこられて、農場で奴隷として働いている時にお互いに交信するために太鼓を叩いたり、太鼓のないところではカンカラを叩いて、それで交信したんですね。つまり言葉だったんですよ。もともとアフリカでは、太鼓は単なる音ではなく、もう一つの言語なんですね。「誰と誰が結婚するよ」というのを打つと、それが伝わっていくわけです。さっき一里一鐘といいましたが、それをまた中継所で叩けばどんどん伝わっていきます。ですからそういうメッセージの楽器であったんです。

――民謡にはいろいろな楽器が入っています。三味線が入り、笛が入りますが、やっぱり主役は太鼓のような気がします。その太鼓がもっとも活躍するのが例の、夏の青森の「ねぶた」なんて見ていますと、あの太鼓のリズムと大きさには驚くのですが。

そうですね。私も弘前の、あそこは「ねぷた」と言いますね、青森は「ねぶた」ですが、どちらかというと私は弘前派なんですけれども、何というか、弘前の方は大分静かですね。それから棟方志功先生が生前、あるテレビの番組で語られていて忘れられない言葉があります。弘前のねぷたは遠くの方からだんだんやってきて、自分の目の前でワーッと盛り上がって、そして去っていくと。去っていくねぷたの後にも絵があります。あれは後絵というんですか、それがだんだんと

盛岡・さんさ踊り

灯りも音も遠くなっていく。そこまでが「ねぶたの祭り」なんだ、と言うんです。だから最高潮の時だけを「ねぶた祭り」と言うんじゃないんだ、と。ねぶたがだんだん去っていって夏が終わったという、そこまでが祭りなんだよ、という言葉が忘れられません。

――非常に優美ですよね。後ろ姿なんか見ていますと。青森は跳ね人が居て、足に空き缶をいっぱいくっつけて飛び跳ねていますけれども、弘前には跳ね人がいませんよね。

そうですね。やはり弘前は粛々と、というか、聴いていて物悲しいですよね。非常にリズミカルでいいんだけれども、やたらと楽しくはない。なにかしんみりさせる。先祖を供養する、そういう情緒があります。青森はやたら底抜けに楽しい、そういうものがありますね。それからもう一つ、盛岡に「さんさ踊り」という、町中で二万人ですか、女性が太鼓を持って踊り歩く、そういうさんさ踊りというのが夏にあるんです。この太鼓は小さい太鼓ですけれども、お腹に抱えて叩きながら踊るわけです。これがやはり素晴らしいというか、熱狂的なパッションがあります。青森も岩手もそうですけれども、冬はずっと雪の中に埋もれている東北で、なんでこんな爆発的な明るさが発揮されるのかというのはとても不思議に思うのですが、それがやはり東北人のド根性なんですね。雪の中でじっと耐えて、それが夏に爆発すると。そこで爆発させて、そのエネルギーでまた次の年まで生きていくという、東北ならではのそういう庶民のたくましさの表れだと思います。ふだん抑圧されていたものが、そこで爆発する。そういう楽しさ、それからしんみりした良さ、これがねぶた、あるいは青森のねぶたの良さですね。「さんさ踊り」もそうですが。本当に良い芸能を私たちは持ったな、と思います。昨日お話ししたように、私も子どもの頃に疎開をしていて、雪の中でずっと暮らしていたこともありますので、本当に雪が溶けて春になって、夏になって。この実感、これが東京に暮らしていると本当にわかりませんね。季節感というありがたさ。だんだん春になり、夏になり、秋になり、冬になっていく、四季の実感がやはり都会では味わえない。それが東北人の気風を作っているのかもしれません。民謡というのはだいたい労働から生まれると言いました。ところがこれは「新保広大寺」という民謡なんですが。この唄は越後の魚沼、南魚沼ですとか十日町、小千谷、それから大和町、塩沢町、それから広神村などで盛んにうたわれている唄なんです。元を訪ねますと、十日町に新保広大寺という古いお寺があるんです。そこで生まれた唄なんですね。十日町の商人がお寺さんと争いをして、お寺さんに土地を取られた、その土地争いが元で生まれた唄だと言われています。負けそうになった商人たちがお寺さんへのネガティブ・キャンペーンをやりました。和尚が近くの後家さんにちょっかいをかけたとか、若い女の子にちょっかいをかけたとか、そういう話をいっぱい作って、それを瞽女さんという門付けをして歩く盲目の女性の芸人たちに頼んでその唄を伝播させたんです。その人たちはどちらかというと東北から江戸の方へ行きますから。上州を通って。瞽女さんたちが旅をする中で、そういう唄をうたって広げた。それで広大寺の和尚さんが自殺してしまうんです。これは何年頃かと言うと、寛永年間だろうと言われていますが、大変な訴訟沙汰になり、それが流血の騒ぎにまでなったということですから。

――ではこれは歴史的に事実なんですね。

事実だった、という文書も出てきたようです。

――この唄が後の「八木節」に影響を与えたということで、リズム的にも似たような雰囲気を感じるのですけれども。

そうですね。彼女たちは北陸から東北・関東・飛騨方面まで行きました。ですから富山に行くと「古代神」という唄がありますが、これは「新保広大寺」です。あちこちにその土地の頭をかぶせた「○○広大寺」という唄として残っていますが、たとえば上州、群馬県に入ったものは「八木節」に変化していったと言われています。で、このリズムが、「八木節」のリズムを聴いていただけるとわかるんですが、「新保広大寺」とよく似ているんですね。一説には新潟の万代橋で盆踊りの時に橋を下駄で叩きながら新潟甚句を踊っていた音だと。そのリズムが上州に入ってきて、「八木節」の桶を叩くあのリズムになったんだという説もあります。

――昔のことでしょうから、今の万代橋とはまったく違って、木の橋だったんですね。その上を下駄でガタガタやれば当然響きますね。

そうですね。大変良い感じで。それが新潟の座敷に入って酒樽を叩く、そのリズムを生かして唄にしていったといいます。それが越後から上州に入ってきて

「八木節」になったという風にも言われています。

——そうしてみますと、当時の流通、人々の流れ、あるいは人々の動きが、民謡の伝播を辿っていくと浮かび上がってきますね。

そうですね。たとえばこれが関東に入ってくると、千葉県なんかでは「小念仏」という唄に入ってくるわけですけれども、津軽に行きますと「じょんから」になってくるんですね。「じょんから節」。北海道では「道南口説」とか。それから関東では今言いましたように「小念仏」とか「飴売り唄」に変化していく。そうやって伝えていく役割を瞽女さんたちが果たしたと思います。

——そうなんですね。瞽女さんたちは盲目の女性たちの旅芸人の集団ですけれども、彼女たちが担った大きな文化を伝えた努力というのは大変だったと思いますね。

そうですね。大変、ハンデをしょって生きてこられたでしょ。それで普通、女性であるだけでも大変な時代、目が見えない。しかも門付けしてお金を貰って旅して歩くという、二重、三重のハンデを持っていて。しかし何かたくましいですね。

——まったくそうですよね。こうしてお話をうかがってきたのですが、お話の中に出ましたように、労働というものがどんどん時代とともに変わっていきますと、当然それに伴って民謡も変わっていきます。そうすると名曲と言われた曲も消えていくという時代なんですが、そういうところを佐藤さんはどうお考えになりますか？

やはりさっきも申しましたように、林業とか農業がこれだけ少なくなると、田植え唄とか船唄とか、木挽き唄とか、そういうものがまず失われていくと思うのですね。田植え唄なんていうのはとても良い唄があるんですね。岐阜県に伝わる田植え唄で、こういう詩句があるんですね。「きみが田と　わが田のならぶうれしさよ　わが田にかかれ　きみが田の水」というんですね。田植えをしていて、好きな人が作業をしている田んぼと、自分の働いている田んぼが並んでいる。自分の田んぼにあの人の田んぼの水が流れてくる、そういう嬉しさですね。何かとても綺麗ですよね。柳田國男さんがこの唄について、「胸に色々と美しい文芸を蓄えている者でないと、到底こういう唄は歌い出せない」と言っているんですね。それから町田佳聲さんも「こんな素朴な感情は民謡の歌詞なればこそのことで、いかに優れた短歌や俳句でも表現しえない境地である」と言っています。私もこの詩を見て、「きみが田と　わが田のならぶうれしさよ　わが田にかかれ　きみが田の水」ってね、本当に誰が作ったのか、名もない庶民が作ったんでしょうね。こういう田植え唄とか、木挽き唄にもそういう優れた唄がありますけれども、それがしだいに、おそらく民謡大会などでもほとんどうたわれないですね。それで、これは五木寛之さんの言葉なんですが、古代・中世・近代にわたって庶民自身が作り育ててきた文化・詩歌の流れがある、と。これを五木さんは「文化の深層海流だ」と言っているんですね。底を流れる海流。本当によく分かる言葉です。それで五木さんは「僕らは日本文化の表面の海流しか見てこなかったような気がします。その深層海流にあたるものが、こういう民衆の詩であり唄である」というんです。私は近代、特に明治の演歌、それから大正・昭和初期の北原白秋、野口雨情、室生犀星など抒情小曲というのがあったんです。これは人々に口ずさまれたわけです。歩きながら、あるいはポケットに手を入れながら。「故郷は遠きにありて思うもの」とか、口ずさみました。そして同時に民謡を取り返さなくてはいけないということで昭和の初期に新民謡運動というのもあったんです。これにはずいぶん努力した詩人たちもいたんです。一方、宮澤賢治とか最近読まれている金子みすゞとか、そういう人たち。それから広くは民謡と、俗曲、そして浪曲、それから落語、そういう語り物から、あるいは歌謡曲、それも含めて詩として、詩人としてどう評価していくかということを考えているんです。これらがやはり、話してきたように庶民自身が幾時代もかけて、自分たちで作り、高め、広げ、守ってきた、そういう深層海流の文化。私たちはその深層海流の一端を担っているんだという意味で詩を作っていきたいし、広めていきたいと思っております。これから日本の民謡をどうすればいいかという点で、ぜひ民謡を日本人の宝物にしたい、これをぜひ支えていただきたいということを、最後にお願いしたいと思います。

（二〇〇六年十一月二十三・二十四日放送）

鯨はどのように唄われ、どう書かれてきたのか

この山口県の長門市仙崎、青海島あたりは、古くから捕鯨の盛んなところでした。そこで私たちの先祖は、この鯨と捕鯨についてどういう思いを抱いてきたのか、どううたってきたのかについて、お話ししてみたいと思います。

さてその鯨ですが、たとえば白ナガス鯨ですが、これまでの記録で最高は体長三十四メートル、私たちが今日乗ってきた新幹線の一両分が二十五メートルですから、それよりさらに十メートルも長く、体重は二百トン、アフリカ像なら二十七頭分、牛なら百八十頭分もあります。まず初めに、現存する地球最大の哺乳類である鯨について、その概略からお話しします。

鯨の大きさ

この鯨の種類についていえば、大きく歯鯨と髭鯨とに分類されます。歯鯨のマッコウ鯨は、体長十九メートル、一夫多妻で二十頭くらいで群れて暮らしています。ゴンドウ鯨は長さ六メートル、イルカも鯨の科目ですが、体長五メートル以下のものはすべてイルカと呼ばれています。ほ

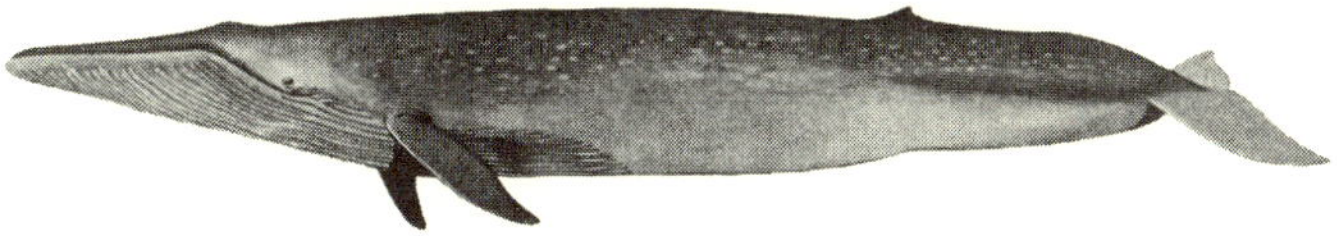

シロナガスクジラ（ヒゲクジラ亜目ナガスクジラ科）

かに槌（つち）鯨、十二メートル位で本州の房総沖などに古くから生息し捕鯨されています。

髭鯨の代表は前述の白ナガス鯨で、体長三十メートル前後、重さ百五十トンから二百トン。一日に六・四トンの沖アミを食べています。ほかに鰮（いわし）鯨（体長十七メートル）、背美（せみ）鯨（体長十八メートル）、コク鯨（体長十五メートルで海底の砂を吸引し漉して餌を採るために肌に傷が多い）などがおります。このコク鯨は、幕末期にはカリフォルニア沖に二万頭もいましたが、乱獲で一時二百頭に減少していました。しかし現在は二万頭に回復しました。鯨は長生きで寿命は最高八十歳くらいまで生きるといわれています。余談ですが、鯨尺という呉服用の柔軟な物差しは、この髭鯨の髭で作られていました。この一尺は三十二・七センチでした。

万葉と鯨

鯨を日本では古くは「勇魚（いさな）」と呼んでいました。万葉集（七五九年編集）には「鯨魚（いさな）取り」を枕詞にした歌が十首近く唄われています。いずれも海、浜、灘という大きな海、広い浜、荒れた海など大きな海にかかる枕詞です。その幾つかを紹介しますが、いずれも鯨そのものをうたった歌ではありません。

鯨魚取り　淡海の海を　沖放けて　漕ぎくる船　辺つきて　漕ぎくる船　沖つ櫂　いたくな撥ねそ　辺つ櫂　いたくな撥ねそ　若草の　夫のおもう鳥立つ（巻二・一五三）

鯨魚取り　海や死にする　山や死にする　死ぬれこそ　海は潮干て　山は枯れやす（巻十六・三八五二）

「詩人会議」二〇〇九年二月号に八木幹夫さんが、この巻十六の歌を元に「鯨取る海」という詩篇を寄せています。これを元に旧約聖書「ヨナ書」にある巨魚（鯨）の真っ暗な胎内に、三日三晩閉じ込められた男をうたった詩です。ピノキオのように、ヨーロッパには巨魚に飲みこまれた話は多いようです。またこの万葉の歌は、「世の中の無常を厭える歌二首」に続く歌で、海や山の死をもって人間の死を予想して祈る歌です。鯨のいるような大きな海だって、死ぬことはないだろうか。今は緑が一杯の山は死ぬことはないだろうか。海は死ぬからこそ潮が引き、山だって死ぬからこそ木々が枯れるのだ、と。この世界観は、のち平安期の『梁塵秘抄』の法文歌（説教歌）に引き継がれています。

日本書紀（七二〇年頃）の六十八首目の歌に「とこしえに　君に逢えやも　鯨魚取り　海の浜藻の　寄る　時々を」（時どき浜辺に海草が打ち寄せられるように、貴方はたまにしかお出でにならない　ですから今日はゆっくりしていって下さいね、の意）がありますが、古代においてに「鯨」は漁法は確立してなくても、入江に漂着したり磯に座礁した寄り鯨などもあり、すでに人々に食されていたものと思われます。

長門市の通くじら祭り（右）
長門市くじら資料館館長の早川義勝さん（左）

鯨組について

ここ長門市仙崎の「鯨組」は寛文十二（一六七二）年に、青海島の通浦では網元として早川家が延宝一（一六七三）年に、いずれも長州藩毛利家の保護助成のもとに発足しました。組の人数は三百人から四百人くらいであったようです。平戸藩・松浦家の生月島の益富組の場合は六百人くらい、佐賀の小川島の中尾組では四百九十人くらいで、鯨の捕獲作業、漁具の整備、解体作業、加工、各地への販売などを行っていましたが、背美鯨一頭で何と三千六百両から四千両の売り上げがあったといいます。それが二十頭ちかくも水揚げされると、藩に納められる鯨税だけで年間七万五千両もありました。西海捕鯨最大の規模をほこった前述の生月島・益富家では、全盛期の使用船二百余艘、船子三千余名、その捕獲高は享保期（一七一六年～）から万延期（一八六〇年～）の百三十余年間に二万一千七百余頭、その収益金は三百三十万両におよび、藩への上納金は約七十七万両に上がったといいます。ですから各藩でも大いに積極的に保護助成したものと思います。またこうした各地の鯨組の勢子船は、十メートルほどの八丁櫓で小回りのきく快速艇であり、ために各藩は強力で敏速な水軍としても極めて重視していたのです。

鯨をうたった各地の唄

長門市青海島・通浦の早川家は代々鯨組の網頭で「くじら資料館」館長の早川義勝さんは、その十八代目。見学した私たちのために、由緒ある「鯨唄」を披露してくれました。その潮風に鍛えられた張りのある美声、豪快な声量、繊細な節回しに、私たち一同思わずド肝を抜かれて感動したものです。その鯨唄「祝え目出度（めでた）」をご紹介しましょう。

祝え目出度の若松様よ　枝も栄える葉も茂る　竹になりたや薬師の竹に　通い栄える印の竹よ　納屋のろくろに網くりかけて　大背美巻くのにひまもない（わけもないの意）　三国一じゃ網に　今年は大漁しょ（ヨカホエ）

次の鯨唄は、同じ長門市仙崎の祝い唄です。

夢を見た　めでたい夢を（サイサイ）　背美を枕に子持ち前（アドコデモトッタリ）
子持ち前に　大がちょりかかる　これもお神のご利生かえ（アドコデモトッタリ）

和歌山県新宮市三輪崎の鯨の大漁踊り唄は、親子の鯨を捕獲したとうたわれています。

前のロクロに　カガスをつけて　カガスをつけて　大背美巻くよなひまもない
沖のナガスに背美を問えば　沖のナガスに背美を問えば　背美はくるくる　後にくる

鯨加工の作業唄で、佐賀の小川島の「鯨骨切り唄」に

小川山見（見張所）から　神崎見れば　神崎背美の魚（いお）　沖ゃナガスよ
沖じゃ鯨取る　浜ではさばく　納屋の手代さんは　金計る

が、あります。通浦や各地の鯨唄の歌詞が類似しているのは、それだけ鯨漁港間の交流が頻繁に行われていたからだと思います。長門の北浦地区（仙崎、通、川尻など）の漁港では、いずれも九州の肥前（佐賀・長崎）の出身者が多く、これらの唄は五島列島の有川や生月島などにも共通してみられます。

しかし江戸期の捕鯨技術の源流は、何と言っても紀州の太地（たいじ）です。慶長年間（一六〇六年〜）、関東で北条氏との戦に敗れ、太地まで落ちのびてきた房総の和田忠兵衛頼元がその開祖とされています。延宝五（一六七七）年に孫の角右衛門頼治が、鋸の刺し手に網を併用して捕獲する古式捕鯨法を考案して後、各地の捕鯨は急速に発展しました。それが肥前経由で長門地方にも伝わりました。順不同ですが各地の鯨唄を紹介します。

旦那さまの鯨船　浮き津の甚五郎が造りたや　突き候う　背美の子持ち　突き候う
（高知県室戸）

今度突いたも勝山組よ　親も捕る子も捕るよ　沖のかもめにもの問えば　様（鯨）は来る来るヤスも来る　ツイタカショ　ツイタカショ　槌の子持ちよ　ツイタカショ　嬉しめでたの

若松様よ　　　　　　　　　　　　　　　　　（千葉県鋸南町）

何を刺したよ　シンテンカラリン　シンカラリン　カラホロ　カラホロリン　羽刺し　羽刺し衆は　何を嘆くよ　シンテンカラリン　シンカラリン　カラホロ　カラホロ　カラホロリン　ここのカラスは異なカラス　銭は持たずに　買う買うと
（長崎県上五島・有川）

組もつくる　組みゃ紋九郎様よの　紋九郎様　親も捕る捕る　子も添えて
（長崎県上五島・有川）

終わりのこの唄をちょっと説明しますと「昔、五島の崎山村の紋九郎という人は捕鯨のための組をつくり大漁することが多くなった。ある夜、夢に龍宮の使いの背美クジラが現れて、玉之浦の大宝寺に大事な書状を届けるので、私をけっして捕獲してはならない、とのお告げがあった。しかし紋九郎は逆にその鯨を捕らえて、腹を裂いてみると、はたして寺への書状が現れたので、大切に供養したが後の祭り、その年から毎年不漁続きとなり、巨万の富を誇った紋九郎も破産し藩魄してしまった」。この唄もその鯨を供養するために作られたといわれています。

これと似たような話は、紀州・太地あたりにもあり「大宝寺」が「伊勢神宮」になっており、「お伊勢参り」に遡上する鯨を捕ってはいけないという説話になっています。因みに五島・有川港の捕鯨は、慶長年間、紀州・熊野の湯浅庄助がこの地を訪れ、捕鯨を指導したのが最初と伝えられています。以後、五島では「鯨踊り」も全盛を誇っていましたが、近年では勇壮な「ロクロ踊り」（ドクロ踊り）のみが残されているとのことです。これも昭和六（一九三一）年刊の『全長崎県歌謡集』からの情報ですから現在は不明です。

各地の鯨祭り

現在行われている「鯨祭り」を列挙すると、三重県四日市市富田の「鳥出神社の鯨船行事」、和歌山県太地の「鯨踊り」、三重県尾鷲市の「ハラソ祭り」、海上で行われる同県・海山町の「白浦の鯨祭り」があります。山口県の長門市通浦でも、私たちが訪れた翌日に「鯨祭り」があり、資料館前の湾内で長さ十三メートルの防水した張り子の鯨が泳ぎ、勢子船に分乗した羽刺し衆がそれを仕止める祭礼が行われました。銛で鯨の頭部を突くと一瞬、着色した血煙がパッと上がる勇壮な祭事でした。

長崎市諏訪神社のおくんち祭では「万屋町の鯨屋台」が、六メートル×二メートルの張り子の鯨に一面黒繻子を張り、尾ひれと巨大な口と柔和な目をつけ、山車で町中を練り歩く。その中に三人ほどの男が入って、四斗樽の水を手押しポンプで吸い上げて鯨の潮吹きを演じて見せました。これには多額の経費を要したので、女房連中は黒繻子の帯を質入れされ嘆いたといいます。落首に「お祭りが好きとて女房大切な帯まで解いて鯨するかな」があります。

現在は行われていませんが大阪の堺では、昭和二十九（一九五四）年以前までは「出島鯨祭り」という行事が行われ、全長三十メートルもの巨大な鯨の山車が出て鯨唄をうたいつつ、住吉大社にむけて練り歩いたということです。

金子みすゞの鯨の詩の背景

さてここで、地元の仙崎で生まれ育った薄幸の詩人・金子みすゞのうたった「鯨の詩」を一篇ご紹介しましょう。

あと「鯨捕り」という詩もありますがここでは省略します。

鯨法会（くじらほうえ）

鯨法会は春のくれ、／海に飛魚採れるころ。
浜のお寺で鳴る鐘が、／ゆれて水面をわたるとき、
村の漁夫が羽織着て、／浜のお寺へいそぐとき、
沖で鯨の子がひとり、／その鳴る鐘をききながら、
死んだ父さま、母さまを、／こいし、こいしと泣いてます。
海のおもてを鐘の音は、／海のどこまで、ひびくやら。

捕鯨で捕れた鯨の供養をするのは、この仙崎湾に面した青海島だけでした。通浦の向岸寺で延宝年間（一六七九年～）に始められたのが最初といわれています。その後、元禄五（一六九二）年には鯨墓も建てられました。捕獲した鯨と、鯨の胎児への念仏回向（えこう）が目的でした。このお寺には明治期までの二百年間にわたって、七十体ほどの鯨の胎児が葬られているのみならず、それら鯨の過去帳まであり、「円覚大然、ザトウ十一尋・天保五年一月五日」や「寒光示幻　同子」「春誉

妙栄」「寒誉妙白」などの記述があり、「誉」は大人の鯨の意味でした。

青海島では、毎年四月中旬に五日間ほどの鯨供養があり、その時は鯨唄も奉納され、鯨の過去帳も公開されるといいます。そしてこの時は鯨のみならず、鯛、鰮(いわし)などのすべての魚の法要があり、仙崎近辺の寺では宗旨に関係なく行われ、お布施にも「鰮の群霊」「鯛の群霊」などと書かれています。全国津々浦々の漁港でもこうした風習のあるのは、この土地だけだそうです。また青海島では、鯨唄をうたうときでさえ、けっして手拍子を叩かない、大漁時には喜んで手拍子を打つのに、死んだ鯨やその子を思い、まるで拝むように「揉み手」で唄に合わせます。じっさいに私たちは通浦の資料館で早川館長さんの鯨唄を聴き、そのことを目にしたわけです。

ですから金子みすゞの数々の詩にみられる、あの独特の「やさしさ」の根源は、この海辺の地域に古くから伝わる、土地の人々の「やさしさ」に裏づけられていたのだと思います。（この項、向岸寺住職・網野得定氏談『FUKUOKA STYIL』12号特集・「西海の鯨」一九九五年十月刊より）

そのほか鯨の供養塔は、三重県海山町白浦に「腹子持鯨菩提之塔・宝暦八（一七五八）年」があり、尾鷲市九木浦にも「鯨三十三本塔」や「石灯籠・宝暦十四（一七六四）年」が、宮城県唐桑、同県鮎川、東京都品川、神奈川県三崎、高知県室戸、和歌山県太地、長崎県壱岐などにあります。愛媛県明浜にも殿様の作った鯨供養塔がありますが、青海島ほどの大規模な法要は行われていません。

金子みすゞのほかにも、三河の知多半島に生まれ育った童話作家・新美南吉に「島」という題で、鯨をうたった詩があります。知多半島の師崎は、突取り式の古式捕鯨の根拠地ともいわれていました。

島で、ある朝、／鯨が捕れた。
どこの家でも、／鯨を食べた。
髭は呻(うな)りに／売られていった。（註・凧のうなり）
りらら、鯨油は、／ランプで燃えた。
鯨の話が、／どこでもされた。
島は、小さな、／まずしい村だ。（大正期の『赤い鳥』より）

南吉の郷里も貧しく、一頭の鯨が村中の暮らしをうるおした様子がよく読みとれます。

鯨についての諺・俳句・歌謡・小説

古くから庶民の暮らしになじんできた、鯨についての諺(ことわざ)をいくつかご紹介しましょう。

「鯨も魚　白魚も魚」……形の大小で差別してはいけない。その体の中には同じ生命が流れているのだから、と。

「落ち着く鯨は銛を食う」（土佐・室戸）……すばしこくないものは不利をくらう。

「年越しの晩に鯨を食えば、大きな年となる」……大運が開けるという願い。

「丸一本、伽羅と鯨は買いにくい」……高嶺の花、望むが無理。

「メダカは小鉢を泳ぎ、鯨は大海を泳ぐ」……分相応の楽しみがある。
「一頭の鯨、七浦をうるおす」……大きい獲物は大衆に利益をもたらす。
「鰮網で鯨を捕る」……意外な幸運、意外な収穫を得ること。
「沖に出た鯨で手がつけられぬ」……　手のほどこしようがない。

鯨をうたった俳句です。

船人の眼にある礁や鯨浮く　虚子
鳶鳥空をおおえり鯨さく　波村
南極地より捕鯨船剝げて着く　誓子
煙吐きみずから隠る捕鯨船　青邨

井原西鶴『日本永代蔵』より

鯨をうたった一般歌謡でも、大正期には次のようなものがありました。

「ドンとドンとドンと　波乗り越えて　一挺二挺三挺
八挺櫓で飛ばしゃ　サッと上がった鯨の潮の　潮のあちらで
朝日がおどる」（「出船の港」時雨音羽詞・中山晋平曲）

この唄は大正十四（一九二五）年、オペラ歌手の藤原義江がうたい大流行。つづいて翌年に同じスタッフで作った「鉾をおさめて」も大流行しました。

「灘の生酒に肴は鯨　樽を叩いて故郷の歌に　ゆらりゆらり

と　陽は舞い上がる」

小説では元禄一（一六八八）年に板行された井原西鶴の『日本永代蔵』の中に早くも、鯨を捕り油を絞る場面が書かれています。

鯨をテーマにした小説でもっとも知られているのは、一八五一年に書かれたアメリカの作家、メルヴィルの『白鯨』（岩波文庫・全三巻）です。海洋小説ですが当時の文化人類学、海洋学、生物学的にも貴重な資料たりうる名著です。

C・W・ニコルさんの『勇魚（いさな）』（一九八七年文藝春秋刊）は、幕末の動乱期、紀州の一漁村を発端に繰り広げられる、スケールの大きい歴史小説であり海洋冒険小説です。

ほかに山本一力さんの『くじら組』（二〇〇九年、文藝春秋）があります。土佐の鯨組が、沖合でアメリカの蒸気船を発見したところから物語が始まります。嘉永六（一八五三）年、米国海軍のペリー提督率いる四隻の黒船が日本へ寄港し、開港を求めた目的は、そもそも米国捕鯨船への水・食糧の補充にあったのです。この幕末期の時代を背景に、鯨と黒船と漁師たちの力と智恵をふりしぼった壮絶な闘いが描かれています。

鯨と現代詩

現代詩人ではどなたが、この鯨を書いているでしょうか。

彼らが海の中で　即興演奏するなんて知らなかった／彼らが毎年　新しい唄をつくるなんて

知らなかった／その唄がすぐアナウンスされて／誰もが唄いだすなんて知らなかった／ある
日少年が　海辺でフルートをふく／それをきいていた鯨が　そのメロディつかみ／すぐアレ
ンジして唄ってみせる／「これは　なかなか　面白い唄だぜ」／「人間も　ちょっと　いい
メロディ　もってるじゃないか／み捨てたもんでもないネ」／そんなことをしゃべりながら
鯨たち／少年のフルートにあわせて　即興演奏（以下略）（白石かずこ「鯨たちに捧げる」）

この詩にあるように、うたう鯨がいます。ザトウ鯨です。彼らは集団で輪になって小魚を追いこみ、組織的に捕食行動をします。ハワイ沖などに数か月、出産と交尾のため集まります。そこで彼らは群れ全体で同じ唄をうたいますが、その唄は前年のものをアレンジしたものであるといいます。翌年もまた同じように前年の唄をすこしアレンジしてうたい、相手の愛を求めます。白石さんの詩は、ちょうどこの愛の交換期の時期を書いたものです。

南極の鯨は北上し、北極の鯨は南下して（赤道を越えない）、ここで彼らは求愛し出産し育児を行うため、秋口の九月から翌年三月にかけて日本列島へ立ち寄るザトウ、セミ、イワシ、ミンク、マッコウなどの鯨、子持ちの鯨たちも、こうした長旅の途次なのです。

紙数の都合で紹介できませんが、青木はるみさんにも、店先に解体され山と盛られた鯨の肉を前にして死と愛をうたった「鯨のアタマが立っている」という、すぐれて面白い詩があります。

私自身の不勉強かもしれませんが、現代詩人の鯨についての作品は、他にはほとんど見当たりませんでした。現在、日常の生活のなかで鯨と現代人の接触がきわめて少ないことも事実です。

しかし、今世紀の最大の哺乳類にして世界の海を遊泳しつづける鯨は、たしかに人々に大きな夢をあたえてくれています。しかも地球温暖化、そして動物性蛋白源の補給を、膨大な土地と用水、飼料用の穀物を要する牛・豚・鶏の畜産に取ってかわる鯨の問題は重視されなくてはならないと考えます。

参考資料
『鯨・イルカの民俗』谷川健一編 三一書房 『黒潮漁歌曲』藤田信子編 私家版 『新訓万葉集』佐佐木信綱編 岩波文庫『WAVE13 特集クジラ』『鯨取り絵物語』中園成生・安永浩 弦書房 『宮本常一とクジラ』小松正之 雄山閣 『鯨の話』小川鼎三 中央公論社 『クジラと日本人』大隅清治 岩波新書 『クジラは誰のものか』秋道智彌 ちくま新書 『みすゞ哀歌』河崎久子 作品社 『金子みすゞ童謡集』ハルキ文庫

佐渡の盆踊り唄

はじめに

今回（二〇一一年七月）の夏の詩の学校の開催地、新潟県の佐渡は日本海の荒波にうかぶ離れ島ですが、国内では沖縄本島に次ぐ大きな島です。古くから全国的に名を知られているのは、佐渡金山の所在地、日本海で活躍した北前船の中継地としてでした。近年では野生の朱鷺（とき）の繁殖センターが設立されたことが知られています。しかしながら何といっても佐渡は、古来から能楽、のろま人形、獅子舞など多彩な伝統芸能と民謡の宝庫です。わけても民謡の「佐渡おけさ」「相川音頭」は有名です。

まずお盆（旧暦七月十五日に行われる寺院での仏事）について、簡単にご説明しておきましょう。日本に宮中の恒例行事としての「うら盆」が入ってきたのは、六〇六年（推古天皇の代）に中国からですが、これは古代インドの農耕社会の祖先崇拝が源でした。それ以前、古くから日本でも仏教とかかわりなく、五穀豊穣や虫送り、歌垣（うたがき）に似たような自然崇拝のような形で、祖霊供養、無縁仏の供養が行われていたようです。ですからお盆では、今でも精進料理とは逆に酒を飲み魚肉を食べて祖霊を迎える習慣が各地にあります。

祖霊の現世への来臨はケではなくハレなのです。早いところは七月一日に盆の入り、七月には七夕会（たなばたえ）がありますが、普通は道を綺麗にして花を添え、十三日に迎え火を焚き、目印をつくりキュウリ、ナス、藁などで牛や馬を作り、祖霊に乗って頂くなどの意があります。精霊棚を作り、仏壇を飾り、提灯をさげ、香を焚き、坊さんを呼び先祖を供養します。また十六日の祖霊のお帰りには送り火を焚くなどのことをします。大規模なのは京都の五山、大文字の送り火が有名です。

そしてお盆の期間中、町や村では社寺の境内や広場に櫓を組み、舞台を作り盆踊りが始まります。盆踊りには音曲をかなで踊りながら町や村を踊る「流し」、賑やかに囃しながら踊る「ゾメキ」があります。越中八尾の風の盆、郡上踊、西馬音内、盛岡サンサ踊、秋田竿灯祭、青森のネブタ、白石島盆踊、阿波踊などがあります。中でも阿波踊、長蛇の列を組み音曲をかなで叫びながら町中を練り歩く、一種のデモとしての威力を発揮しました。江戸時代、飢饉のとき法外な租税徴発に抗議する民衆のデモが、阿波から土佐との境界まで続いたといいます。

櫓を囲み輪をかいて踊る盆踊りは、念仏踊りの名残です。中世末期、戦国時代の最中に空也上人や出雲の阿国などが広めた念仏踊りが源で、風流踊りや伊勢踊り、小町踊りなどが取り入れられています。佐渡おけさ、相川音頭の踊りもこうしたものです。新潟甚句は太鼓や桶などをたたいて踊られ、祭りのとき万代橋では踊る下駄の音が踊りのリズムを刻みました。それが上州の木崎宿にはいると、飼馬桶を逆さにして叩いた馬方衆たちによって八木節が生まれました。佐渡おけさの歌詞の「おけさ踊るなら板の間で踊れよ　板の響きで三味ゃいらぬ」が、このことをよく物語っています。

佐渡の歴史と北前船について

九州・熊本県牛深（天草）のハイヤ節が廻船で平戸、博多をへて北上し、北前船によって日本海を大阪から下関―萩―隠岐―境港―宮津―福井―三国―金沢―輪島―伏木（富山県）―糸魚川―柏崎―出雲崎―寺泊―佐渡―新潟―酒田―秋田・土崎―能代―深浦・鰺ヶ沢―松前―江差へ。東周りは青森―八戸―石巻から江戸―大阪まで、このハイヤ節はさまざまにアレンジされそれぞれの港町でうたわれていきました。

それぞれの港には風待ち、潮待ち、船待ちのため、港湾口には見張り所としての高台、日和山（ひよりやま）がありました。そこでの遭難予防の松明が灯台の代わりにもなっていました。またそれぞれの船のしるし・帆印にはカニメ・ハナタレ・リョウテンビン・カタテンビンなどと呼ばれるものがあり、かなり遠方から見分けられました。

北前船の積荷の中でも、大阪の料理に欠かせぬ昆布はもともと北海道から運ばれてきました。北行は下り荷といわれ、瀬戸内の塩、灘の酒、ソウメン、油（菜種・胡麻など）、木綿、古着、能登の漆器、陶磁器（伊万里・萩、九谷など）、砂糖（南方諸島―大阪経由）、木綿、薬品、和紙、日常雑貨などで、南下する船は上り荷（のぼりに）といわれ、海産物のニシン、鮭、鱈、昆布、毛皮、肥料などが主で、帰路には酒田で紅花を集荷して京阪で販売、大いに利益を上げました。酒田では「本間様には及びもないがせめてなりたや殿様に」とうたわれるほどの本間家は、大地主で庄内米の取引で大もうけしたほか、ひと航海千両といわれる北前船を六艘ももっていました。

　北前船では、その積み荷の取引額の利益の一割を船頭の収入として公認されていました。しかし、佐渡から積み出せる商品は筵（むしろ）、縄、干し柿、米で、それ以外の佐渡産品の輸出は、佐渡の金山奉行より厳禁されていました。したがって北前船の佐渡への寄港は、おもに水、食料など物資の補給が目的だったのです。佐渡で最も栄えた（タライ舟で有名な）小木（おぎ）港は、その東側では二百五十艘、西側の漁港では百五十艘が収容され、風待ち、潮待ちで大いににぎわいました。小木の船方節に「三十五反の帆を巻き上げて　鳥も通わぬ沖走る　その時シケにおうたなら　綱も錨も手につかぬ　今度船乗りやめよかと　とはいうものの港入り　上がりてあの娘の顔見れば　辛い船乗り　一生一代孫子の代までやめられぬ」（酒田、秋田の船方節にも）とあり、船頭で年間二〜三両（ただし特権で積荷の一割は自分で売買でき、この収入が大きかった）その下の役付きで一〜二両、一般の若衆は一両ちょっと、飯炊きの少年は二分で座って食事もできず、それほど船乗り間の格差は激しかったようです。それに比べて船主の利益は莫大で一航海千両ともいわれ、北前船の衰退する明治末期で石川県小松税務署調べで温泉旅館主の最高で年収三百二十六円、有名酒造家で八百十三円、織物業者のトップで九百五十六円、有名医師で八百円に対して、北前船の船主、加賀市の大家（おおいえ）家が二万六千五百円、西出家が三千二百三十九円、久保家が二千四百四十円など比較にならぬほどの高額所得でありました。

北前船の大きさは地元船で百石から、外回り船では二百石位までありましたが、すべて千石船と呼ばれていました。とくに風や荒波の強い日本海を航海する船は、特別に頑丈に造られており、千石だと二十五反の帆（一反は約十メートル×三十四センチ）で、船頭ほか十五人ほどが乗船しました。港入りの時、船頭は千石取りの大名よろしく威風堂々、錦の締込みをして櫓を手に立てて堂々と港入りしました。佐渡の宿根木には実物大の北前船、天明年間（一七八三〜）に活躍した地元の白山丸（全長二十三・七五メートル、最大幅・七・二四メートル）が展示され、赤泊港には佐渡奉行の千石船・御座船の記念船が展示されています。小木の海運資料館の裏手にある木崎神社（江戸初期、初代佐渡奉行・大久保長安の建立）には、北前船を描いた五枚の船絵馬があります。ほかに佐和田町沢根の白山神社にも多くの極彩色の船絵馬がみられます。

「佐渡おけさ」の源流と由来

「佐渡おけさ」の源流といわれる「ハイヤ節」はもともと沖縄のエイサー、奄美の六調が鹿児島ではんや節、球磨川を遡上して人吉・球磨六調子に、天草・牛深でハイヤ節になったもので、早間拍子で唄い踊られる出だしの囃子ことばが「ハイヤーエー」で始まるものでした。ハイヤ　ハエヤ　ハンヤはいずれも「南風」をハエと呼ぶところからきており、この南風に乗って廻船の船頭たちは船出していったのです。南風は縁起のいい風でした。

熊本県天草の牛深港で歌い踊られた「牛深ハイヤ節」の歌詞は「サアー牛深三度行きア三度裸

アラ鍋釜売っても酒盛りアしてこい　アラ草葉の影から親父が喜ぶサョー　ヤッタョーヤッタ」というように、港の船乗りたちの宴席の酒盛り唄でした。しかしその歌詞もリズムも囃子も、それぞれの港々でさまざまに変化していきました。越後では、このハイヤ節が「おけさ」に転化していったのです。越後では、出雲崎おけさ、寺泊おけさ、柏崎おけさ、三条おけさ、長岡おけさ、新潟おけさ、小木おけさ、選鉱場おけさ、相川（佐渡）おけさ、となって各地で唄い踊られていきます。

この越後の柏崎、寺泊、出雲崎あたりの港に「ハイヤぶし」が入ってきたのは、享保年間（一七一六年〜）以降で、それ以前すでに寛永年間（一六二八）に、地元の「おけさぶし」が唄われていました。京都から流れついた小千谷縮（おぢやちぢみ）の創始者・堀将俊の娘　お袈裟（けさ）がうたった悠長な機織り唄が「お袈裟ぶし」として唄われていたといわれ、この娘は京都で出雲の阿国の念仏踊りや唄を、しっかり聴き覚えていたといいます。これが越後の港町から入った「ハイヤぶし」とドッキングして、前述の各地での新たな「おけさぶし」が生まれてきました。「おけさ節」の由来話には幾つかがあります。

ちなみに①「おけさぶし」として最も古い歌詞として伝わるのが、「延享五（一七四八）年小歌しやうが集」に「およし見るとて葦で　目を突いた　とかくおよしは　目の毒じゃ」があります。

②として、越後に資産家でありながら妻に先立たれ、働かなくなり次第に没落していった老人がおり、彼は一匹の雌猫を可愛がっていました。その飼い猫は主人の零落ぶりを見るにみかね、

ある夜美しい娘に化けて妓楼に身を売り「おけい」という名の遊女となりました。おけいの美声と、艶やかな踊りで大評判となり、たちまち売れっ妓となり、いつしか彼女の唄は誰というとなく「おけいさんぶし」と名づけられ、その評判を聞いた北海道は江差のお大尽が、このおけいさんに夢中となって豪遊し、数日間も居続けましたが、ある夜中、枕元で行灯の油をペロペロなめているおけいさんを見つけ、大騒ぎとなりました。そのことを歌詞にしたのが「おけさ正直ならそばへも寝ようが　おけさ猫の性で　じゃれかかる」とうたわれたそうです。これは新潟、出雲崎、小木などに流布する説です。

③として「桶佐ぶし」があります。これは桶屋の使用人で美声の佐助がうたったのが始まりとされています。それは文政年間（一八一八年〜）に、西蒲原郡、三島郡、刈羽郡、中越地区あたりで流布された説です。

④としては織田信長の愛娘松姫が明智光秀の襲撃を避けて逃げ延びた後、父の霊を弔うため尼さんとなってはるばる佐渡までたどり着いたものの大いに困窮しはてていた。その松姫を助けるため侍女のお桂さんが、相川金山の遊郭で唄と踊りを生業として松姫を助けたという話です。そのお桂さんが唄ったのが「お桂さん節」の「佐渡おけさ」だという説で、これは相川、佐渡郡につたわるものです。

⑤としては建久年間（一一九〇年〜）、出雲崎の釈迦堂で暮らしていた音羽御前（佐藤継信、忠信の母）が、屋島壇ノ浦で平家が滅亡、源氏の大勝利の知らせを聞き、お堂のなかで嬉しさのあまり、袈裟を着たまままうたい踊ったといわれ、これが「佐渡おけさ」の始まりだという出雲崎に

伝わる話です。

「佐渡おけさ」の歌詞について

ハァー佐渡へ佐渡へと　草木もなびく
佐渡はいよいか　住みよいか

代表的なこの歌詞は江戸期、明和九（一七七二）年に刊行された『山家鳥虫歌』の〈備後・広島県東部〉に「江戸へ江戸へと木草もなびく　江戸にゃ花咲く実もなりて」とあります。それより五十年ほど前の享保四（一七一九）年、大阪の竹本座で初演された近松門左衛門の『平家女護島』（通称俊寛）の中に、「平家平家と木草もなびく　さてはいよいか住みよいか」があり、この歌詞はここから各地へ流行していったとも考えられます。福島民謡の「相馬二遍返し」にも「相馬相馬と木萱（きかや）もなびく　なびく木萱に花が咲く」とあるように「………へ………へと」の中に地名を当て句にして唄われていったようです。

来いと言うたとて　行かりょか佐渡へョ　佐渡は四十九里　波の上

この歌詞も延享五（一七四八）年の民謡集や各地の古謡にもあり、前記『山家鳥虫歌』の〈長門〉にも「来いというたとて行かれる道か　道は四十余里　夜は一夜」があります。

来いちゃ来いちゃで　二度だまされたョ

またも来いちゃで　だます気か……尾崎紅葉作詞

右の歌詞は明治二十九（一八九六）年九月、相川鉱山は明治政府から三菱合資会社に払い下げられ民営となり、紅葉が招かれた「鉱山祭り」の時作られたられた歌詞だといわれています。単純に「おいでおいでと、二度だまされた」か「薄い茶なのに濃茶（こいちゃ）だといって二度もだまされた」の意味のほかに、相川音頭にうたわれる心中物の「おさん仙二郎心中濃茶染」の濃茶からとられたのかもしれません。この時の紅葉の作詞として「沢根通れば団子が招く　団子招くな銭がない」がありますが、団子とは茶屋で団子（春）を売る娘のことでした。

佐渡おけさ

閑話休題、佐渡を荒海としてうたった唄に「海は荒海　向うは佐渡よ　すずめ鳴け鳴け　もう日は暮れた　みんな呼べ呼べ　お星さまでたぞ」があります。これは北原白秋の作で、大正十一（一九二二）年六月新潟師範の講堂で小学生二千人を前にして講演しました。その年の九月、この詞に山田耕筰が作曲して「詩と音楽」に発表したものです。新潟市護国神社脇に「砂山碑」がありますが、今では砂山は荒浪で押し流されて見る影もありません。また信濃川の舟唄に「海は荒海　船頭さんは通う　万事頼むよ　海の神」があり、「荒海や佐渡によこたう天の河」は、松尾芭蕉が元禄二（一六八九）年に、旧暦の七夕に出雲崎の句会で発句したものです。

そのほか「おけさ節」の詩句に、「小木は潤（船着場）で持つ　相川は山で　夷、湊は漁で持つ」がありますが、明治末期の町村合併で夷と湊の集落は両津町となり、両津が市となるのは昭和二十九（一九五四）年、周辺の町村を加えてからで、古くからの小木に替わって佐渡の表玄関となりました。

「佐渡おけさ」の一つで有名な「選鉱場おけさ」は、金山で鉱石から金を選り分ける選鉱夫の仕事で、江戸期から男の仕事だったものが、前述した明治中期（二十九年）九月、岩崎久弥の三菱に払い下げられて以降、低賃金で雇える女性の仕事となりました。大正期の給料は朝七時から昼までの五時間で十三円でした。これでは暮らせないので、危険な岩盤崩しの後の鉱石運びに替わると、三十円近くが貰えるもののそのほとんどが珪肺病で死んでいきました。そうした選鉱場で大きな篩で鉱石を選別する仕事は単調で、眠気を防ぐために唄をうたったといいます。それが「選鉱場おけさ」でした。このおけさと別に、鉱山節というのがあるようです（昭和二年刊。田辺尚雄『島国の唄と踊』日本民族叢書・甲陽堂)。一名「やわらぎ」「金掘節」ともいい、三菱の紋所をつけた筵（むしろ）の袴に竹の御幣をもち、土瓶の蓋のような帽子をかぶって棒で樽を叩いてうたいました。もとは坑内の作業でタガネを打って、一同で和して唄をうたったことから「和（やわ）らぎ」といわれ、今ではご祝儀唄となっているようです。

ハアー朝もナー　早うからカンテラ下げて　高任（たかと）通いの程のよさ
浅黄手ぬぐい　恋の滝登り　どこの紺やで　染めたやら
ぴんと心に　錠前かけて　合鍵互いの　胸にある
エビス下町　猫捨て場でも　あやめ咲くとは　しおらしや
大工（掘削仕事）すりゃ痩せる　二重まわりが三重まわる
台の亀め（金鉱の底部）が噴き出す黄金　鶴（つるはし）がくわえて引き揚げる
佐渡の金山この世の地獄　いとし殿御の身を沈む

以下、石刀節・金掘節。

佐渡の金山この世の地獄　登る梯子は針の山
二度と来まいぞ金山地獄　来れば帰れるあてもない
一に叩かれ二に縛られて　三に佐渡の山へ水替えに
唄のうまいのが中尾の利吉　八百文はただ掘れる（歌いつつタガネで掘削する作業唄）

佐渡以外の「おけさ節」には、出雲崎、新潟、柏崎、寺泊、三条、それに堀之内の「はねおけさ（終唄（しまい））」があります。これは沖縄のカチャーシー、奄美の六調に似たリズムで、宴会の終わりに全員で踊るものです。

出雲崎おけさ……「松の木陰から良寛堂がみゆるよ　沖じゃ艪の音唄の声」

囃子ことば……「鉢崎柿崎柏崎　下へ下がりて出雲崎　新潟の下の　松が崎　松前鰊　佐渡わかめ　五十嵐や干し魚で　砂だらけ　ハ　ヨシタネー　ヨシタネ」の囃子で、早いテンポ、快適なリズムの力強い漁師たちの酒盛り唄で、色町の騒ぎ唄になりました。前記したハイヤ節の影響が色濃く残っています。これとよく似た新潟甚句も、盆踊りの時、川と橋の多い町筋で浴衣に駒下駄で踊ったため、その音が橋に響き面白いリズムを生み出していった。樽叩きともいわれ、後、上州では八木節に馬方の飼葉桶が使われました。

新潟おけさ……あだしあだ波　寄せては返すョ　寄せて返してまた寄せる

山でけっ転がしたる松の木丸太でも　妻と定めりゃ辛抱する

新潟恋しや五月雨時は　柳小路を蛇の目傘

あだしあだ波は無駄で移り気な波、波にたとえて男の浮気心をうたったものです。これは芸者さん達のお座敷唄となり、民謡の味わいというよりも、艶っぽく高度に洗練されて江戸ふうの常盤津の味わいも感じられます。

柏崎おけさ……厚司縄帯　腰には矢立てョ　傳馬櫂かく　程のよさ

吹けよ西風　上がれよ地ばさョ　可愛いお方の　磯まわり

古調で賑やかな酒席の騒ぎ唄です。その他の「佐渡の盆踊り唄」で、江戸期にうたわれた『山家鳥虫歌』に「佐渡」として次の歌詞が収載されています。

佐渡と越後は　筋向かい　橋をかけたや　船橋を
様は釣竿　わしゃ池の鮒　釣られながらも　面白い
いとし殿御に　逢いたいことは　川の真砂で　限り無い
雉のめんどり　奥山指して　松の新葉の　つよばみに
また明治三十八（一九〇五）年文部省発行の『俚謡集』に収載された「佐渡おけさ」が七首あります。

両津橋は白帆が見える　主の船が船が待ち遠しい

この両津は明治期、前述のように夷と湊が合併して両津町となりました。そこでうたわれた「両津甚句」は夷の遊郭の女に湊の男が湊の女に夷の男が欄干橋を渡って逢いに行く心情をうたったものです。ちなみにこの両津は佐渡で一番のイカ漁の根拠地でした。以下『俚謡集』に記載の「佐渡おけさ」です。

おけさ踊るなら板の間で踊れよ　板の響きで三味やいらぬ
佐渡の山々掘りさえすれば　ねねの泉はつきはせぬ
音に聞こえし音羽が池に　島があります浮島が
浅い川なら膝までまくる　深くなる程　帯をとく
佐渡の相川羽田の浜で　女波男波が舞い遊ぶ
佐渡が島ねは上方うつし　名所旧跡かずしれず
「佐渡おけさ」のほかに佐渡でうたわれる民謡には両津甚句、佐渡甚句、七浦甚句、海府甚句、松阪（祝唄）、いよこの節、出雲節、ハンヤ節、石刀節（金掘唄）などがあり、相川音頭、真野音頭、心中物、地震物など口説型の盆踊り唄もうたい踊られています。また年中行事として、正月には「春駒」というササラと駒の頭をもって踊り歌う予祝の行事や民俗芸能として鬼太鼓、三番叟、人形芝居の「文や人形」、のろま人形などがあり、民謡では田植歌、草取唄、稲刈唄、籾すり唄、糸繰唄、木挽き唄、酒造り唄など多くの作業唄があります。

参考文献

『佐渡の民謡』山本修之助　池平社書房　『佐渡おけさ』渡辺亮村　ロゴス書房　『佐渡歌謡集』羽田清次編　佐渡叢書刊行会　『相川音頭全集』山本修之助編　佐渡郷土研究会　『野のうた恋のうた』山本修之助　佐渡郷土文化の会　『新潟県民謡紀行』近藤忠造監修　野島出版　『盆踊りくどき』成田守　桜楓社　『はいや・おけさと千石船』竹内勉　本阿弥書店　『民謡おけさぶしの小さな源流』阿部英作　私家版　『民謡源流考・佐渡おけさ』町田佳声解説　日本コロンビア　『新潟県の民謡』小山直嗣編　野島出版

三国・芦原周辺の民謡について

三国節について

九頭竜川の河口にのぞみ、かって北前船の寄港地として栄えた福井県坂井市三国町の盆踊唄です。三国は船頭らの遊び場である上町（福井藩領）と出村（丸岡藩領）の色街が栄え、遊女たちは三国小女郎の名で世に知られています。浄瑠璃の『三国小女郎曙桜』宝暦五（一七五五）年初演に出てくる玉屋新兵衛、また福岡の『博多小女郎波枕』（享保三＝一七一八＝年初演・当時判決のあった密貿易事件を近松が脚色）した小町屋惣八が有名です。

この唄は元来、三国の色街で船乗りを相手に遊女たちがうたったものです。遊女とはいえ、この「三国小女郎」の名前は前記の近松の浄瑠璃作品よりも三十七年後に現れた浄瑠璃の作品で、三国の教養もあり俳句にも通ずる「歌川」という遊女のことで、他港の色街にはみられない格式を誇っていたといわれています。

「唄は上町　情けは出村　わずか隔てて地蔵坂」の歌詞にあるように、地蔵町にも遊里がありました。一説によれば宝暦十一（一七六一）年、桜谷に三国神社を建立する際、同町性海寺の住職、陽山上人が地固めの作業唄として人足に歌わせたのが始まりといいますが未詳です。上人が作ったのは、おそらく和讃調の教訓歌と思われるところから、今日のような艶やかな曲調になるまでには、この色街で相当の変化と工夫が加えられたものと思われます。

唄は明治以来、一時中絶（明治政府による盆踊り禁止令、西洋音楽一辺倒の偏った音楽教育、方言廃止・標準語使用の奨励など）していましたが、大正年間、京阪の花柳界に入り、関西方面一帯で流行しました。現在では三国祭（五月十九日）や盆踊りのほか、酒宴の席でもさかんに歌われ、優美な踊りもついています。後述しますが、終りの文句を三度反復するか、または他の歌詞で一節分だけ歌われるのが特色です。この「三の句返し」のリフレーンは元禄期の投げ節に始まり、「十三の砂山」「祖谷の粉引き唄」「大の坂踊り」などにみられるものです。

三国港

足利時代（一三三八〜）の主要港は三津七港と呼ばれ、伊勢・津、筑前・博多、和泉・堺、の三津と、越前・三国、加賀・本吉、能登・輪島、越中・岩瀬（富山）、越後・今市（出雲崎）、出羽・土崎、津軽・十三湊の七湊でした。敦賀の港は応仁の乱（一四六七〜七七年）でしばしば封鎖されたために、小浜港が発展しました。この港から昆布を目的に蝦夷へ直行する便が出始め、その後「若狭昆布」が売り出されるようになります。

貞享二（一六八五）年に「国絵図」が出来たとき、はじめて三国湊と記載されました。それ以前、寛永一（一六二四）年当時の船問屋の数は五十七軒で、享保十（一七二五）年の家数千八百軒、人口五千三百余人。当時としては殷賑をきわめていました。三国湊と呼ばれるまでは坂井湊でしたが、この港名の変更の理由は、近くの三国浦の名をとったものといわれています。私はこの越前・坂井港が、泉州・堺港と因州・境港と同音であったために、積荷の発送先に誤送が多発したからではないか、と面白く愚考してみました。

北前船の航路と輸送品

北前船は、江戸中期（享保年間・一七〇〇年頃）から明治二十（一八八七）年にかけて、大阪・兵庫から瀬戸内海をぬけて、山陰、北陸、奥羽、松前の間を年間に一往復しましたが、こうした航路は江戸期の土木・海洋学者・河村瑞軒（元和四＝一六一八＝年〜元禄十二＝一六九九＝年）による西廻り海路（酒田から下関を経て江戸まで七百十三里・平均四十五日間、天候次第）と、東廻り海路（酒田から津軽を経て江戸まで四百十七里）が大いに貢献しました。往路には米、味噌、醬油、塩、酒、茶、煙草、呉服、綿、紙、蠟燭、陶器、漆器、麻、縄、筵などを運んで売りさばき、帰路は売った代金で、鰊、鮭、昆布、帆立貝等の干物、および魚油、熊皮、熊肝（くまのい）など仕入れて、京・大阪方面で売りさばきました。船自体がたんなる輸送船ではなく、一大商社の役割をはたしていました。これらの船の船頭は弁財衆と呼ばれ格式もたかく、船主は北陸（加賀、能登、越中）に多かったようです。

北前船の規模

千石船（十〜十六人乗り）といわれていますが、実際には八百石から千石以上の船がそう呼ばれていました。大阪から江戸まで千石の商品を陸地輸送すると、馬千二百五十頭、馬子千二百五十人でほぼ十五日かかりました。それまで人馬の宿泊の諸経費が膨大でしたが、千石船だとわずか十五、六人が十日で江戸まで運べたため、その経済効率は莫大なものがありました。天保年間（一八三〇年頃）、有名な加賀の銭屋五兵衛の持ち船・常豊丸は千三百三十九石積みでした。また松前（函館）の高田屋嘉兵衛（天保年間・淡路島出身）の辰悦丸は千五百石積みでした。酒田の本間家も（安政年間・一八五六年〜）には十隻の北前船を所有し、一隻で一航海千両をもうけたといわれています。

北前船の大きさは、帆柱の直径はほぼ九十センチ、帆幅は十九メートル、高さは二十二メートルほどあったようです。北前船の語源は、北を前にして進む船、北国松前へ向かう船、北廻り船、北の米を運ぶ船などから、いつしか「北前船」と呼ばれるようになりました。そして江戸期に入ると北前船はほとんどが千石級となり、約百五十トンの米を運ぶようになり、大阪を出て兵庫、多度津、下関、隠岐から敦賀、小浜、三国、伏木、輪島、七尾、小木、新潟、直江津、酒田、能代、土崎、深浦、鰺ヶ沢の各地に寄港することとなりました。これが北から南まで、諸国の民謡

北前船の絵馬（「郷土趣味」大正７［1918］年７月号より）

の流布と交流に大いに役立っていったのです。

三国節とその他の民謡

やしゃでやのしゃで　やのしゃでやしゃ
で　やしゃでやのしゃで　こちゃ知らぬ
（返し）こちゃしらぬ　こちゃしらぬ
やしゃでやのしゃで　こちゃ知らぬ

この詞句は唄と唄の間に随時はさんでうたわれますが、この歌詞の発生については、後述の「ヤシャムシャ」とも関連がありそうです。また唄に添えられる囃子言葉は「サッサイ」「サッサア」や「チョイ」「チョイチョイ」などがあげられる。詞型は七七七五型。

三国々々と通う（人ご苦労とも）奴ア馬鹿よ　帯の幅ほどある町を（サッサイ）
ある町を（ホイ）ある町を　帯の幅ほど
ある町を（サッサイ）

下の句のリフレーン、元禄期の「投げ節」の影響を受けた「三の句返し」がこの三国節の特徴。

さても珍し　安島の雄島　地から生えたか浮島か（返し）地から生えもせず浮いてもいない

昔古代からある島よ

下の句の返しの部分を変えてうたうものもある。

唄は上町　情けは出村　わずかへだてて地蔵町

酒は酒屋で　濃い茶は茶屋で　三国小女郎は松が下

新兵衛ふたりに　小女郎はひとり　どうせひとりは波の上

この新兵衛は浄瑠璃『三国小女郎曙桜』の玉屋新兵衛のこと。もう一人は出村新兵衛で、二人は三国の女郎（女郎に身を変えて）の仇討ちを助けるために協力したといいます。しかし明治の頃まで、福井・三国周辺には「新兵衛」の名前が多かったといいます。したがって船乗りであるふたりの新兵衛さんのうち、一人は遊郭へ上がれても、もう一人の新兵衛さんはアブレて船の上で待つことになります。

三国出村の女郎衆の髪は　船頭さんには錨綱

新保砂浜　米ならよかろ　いとし船子にただ積ましょ　ただ積ましょ　ただ積ましょ　いとし船子にただ積ましょ

また青森県の「十三の砂山」に「十三の砂山　米ならよかろ　西の弁財衆にゃただ積ましょ」があり、山形県酒田の「酒田興屋浜　米ならよかろ　西の弁財衆にゃただ積ましょ」とともに、かって日本海沿岸の港町を北前船が往還して、この詞句が流行していたことを示しています。北前船は別名、弁財船ともいわれ、その船頭を弁財衆といっていました。

以下に芦原周辺の珍しい唄を紹介します。

「ドシャドシャ」――芦原町北潟の民謡（珍しいリフレーンの形に留意、かなりの古型か）以下に芦原周辺の珍しい唄を紹介します。

「無いんかいな　連れ衆が無いんか　連れ衆あとから駕籠でくる　連れ衆あとから駕籠でくる」「ご縁じゃ　松葉のご縁じゃ　枯れて落ちても二人連れ　枯れて落ちても二人連れ」「おどり盆にはおどり　盆が過ぎたらくやしかろ　盆が過ぎたらくやしかろ」「思うて踊ろうと思うて　盆の浴衣を染めおいた　盆の浴衣を染めおいた」「おどり品よくおどり　品のよいのにわしゃ迷た　品のよいのにわしゃ迷た」「花は　野に咲く花は　人が切るやら盗むやら　人が切るやら盗むやら」歌詞は全部で十六節あり、三音で始まる冠の句が珍しい。

「シシャシャ　ムシャ」――芦原町浜坂・対岸の吉崎は蓮如で有名。一名、蓮如踊りとも言われています。（前の唄とともにタイトルが共通して面白い。中国地方で唄われた「盆踊り口説」の「兵庫口説」のヤノシャデヤシャデに類似しています。前記の三国節のヤシャデヤノシャデ〈やしゃごしゃ・八社五社〉の影響か。三国の滝谷寺の境内に、「五社明神」が祀られており、「八社」とはあるいは伊勢、熊野、愛宕、出雲、春日、氷川、日吉、浅間、宇土、鹿島などの大社をさすのかもしれません。越後から北関東にも〈やしゃごしゃ〉はあります。またアイヌの熊祭りの唄「ヤッシャーホーイ」が北前船で運ばれてきたという説もあります。

歌詞「しゃしゃむしゃしゃ　しゃしゃに　むしゃしゃに　しゃしゃむしゃしゃ　しゃむしゃにしようなら　音頭渡すぞ　その中へその中へ　音頭渡すぞその中へ　渡したきゃ渡せ　声の悪い時ゃ　出してやる出してやる　声の悪い時ゃ出してやる　晩には踊れ　阿難尊者の　お迎えにお迎えに　阿難尊者のお迎えに」

「なんぼや」――三国町安島（踊りは時計の針の逆回り、振りが緩やかなため今の若者に敬遠されがちで、この唄は次第に滅びる運命にあるといわれていました（一九六七年当時の話）。

歌詞「なんぼやしょだろ（庄太郎）でも　こしらえ出せば　すだれ小柳稚児桜　音頭とろなら宵から夜明け　宵の音頭は誰がとろ　盆の十六日踊らぬ奴は　木仏石仏金仏　盆の十六日闇ならよかろ　お手をとりとり浜小屋へ　やっと立てた場をこわいてはならぬ　夜明け烏の鳴くまでも　夜明け烏の鳴くまでも　盆の十六日闇ならよかろ　踊る跳ねるも今日かぎり　明日は山のしおれ草」

この唄の歌詞は二百節余りあるそうで、唄の源流は東北・南部地方の盆踊り唄「ナニャトヤラ」で、節回しがそっくり同じです。南部の蔵元へ出稼ぎした杜氏か、イカ釣りの船頭衆が持ち帰ったものといいます。

参考文献

『日本民謡大辞典』浅野健二編　雄山閣　『日本民謡辞典』三隅治雄ほか編　東京堂出版　『日本民謡

大観　北陸編』町田佳声編　日本放送出版協会　『日本歌謡辞典』須藤豊彦編　桜楓社　『北前船』牧野隆信著　柏書房、『船』須藤利一著　法政大学出版局　『はいや・おけさ・千石船』竹内勉著　本阿弥書店　『日本史年表』日本歴史大辞典編集委員会編　河出書房　『福井県の民謡』杉原丈夫著　福井県民俗学会　『若越民謡大鑑』杉本伊左美著　福井県郷土史懇談会。

下田の民謡　下田節の歌詞について

はじめに下田節を聴いて下さい。その歌詞は次の通りです。

(ア　ヨイトサ　ヨイトサ　エー)
伊豆の下田に　長居はエーおよし　(ア　ヨイヨーエー)
縞の財布が　からになるエー[*1]
　ヤーレ下田の沖に瀬が四つ思い切る瀬に切らぬ瀬に
取る瀬にやる瀬がないわいなアーエ[*2]　(オオサ　ヨッタヨッタ)

伊豆の下田を　朝山巻けば[*3]
晩にゃ志州の　鳥羽の浦[*4]
　伝馬（てんま）を漕いで弥帆（やほ）巻いて帆足そろえて行くときは[*5]
　下田を恋しと思い出して泣きゃがれ泣きゃがれ

逢いはせなんだか　下田の沖で

三本マストの　黒船に
　空とぶ鳥がもの言わば　言付けしよか文やろか
　何を言うにも　おし鳥おし鳥[6]

相模ア東北風（ならい）で　石廊崎ア西風よ
間の下田が　だしの風[7]
　千日千夜さ逢わずとも先さえ心が変わらなきゃ
　なんで妾（わたし）が変わろうぞ日々に思いが増すわいな

下田出るときゃ　涙で出たが
間（あい）の山をば　唄で越す[8]
　山中通ればウグイスが梅の小枝に昼寝して[9]
　花の散るのを夢に見て花咲け咲けと鳴くわいな

行こか柿崎　戻ろか下田
ここが思案の　間戸の浜[10]
　お前を捨てて仇枕　交わす心はなけれども
　勤めの身なれば是非もない　少しゃ察しておくんなしょ

ほかに、次のような歌詞も見られます。

おまえ上りか　俺ア今下り
沖で逢うたと　言うてくれ

下田節・歌詞の＊1～＊10について

下田節は伊豆半島の南端、下田港の花柳界に古くから伝わる船頭相手の座敷唄です。いかにも船着場らしい温柔な気分を漂わせた唄で、神奈川の「三崎甚句」と同じく、九州から移入した「ハイヤ節」の変形と考えられます。東廻りの航路で太平洋を京阪方面から江戸入りする千石船は、かならず伊豆半島の突端にある下田の沖合を通らねばならなかったのです。幕府は寛永十三（一六三六）年下田の大浦に「船改め番所」を設け、江戸往来の船はすべて下田に立ち寄らせて検問しました。そのため下田には各地の船乗りたちによって、諸国のいろいろな流行り歌が持ち込まれました。

とくに後（あと）囃子の囃子かたに特色があります。詞型は七七七五型で三味線は「三下がり」です。この唄は江戸の酒席で大流行したのが下田にも持ち込まれ、当初の曲調は「二上がり甚句」でした。それが幕府の船改め番所に来船する船方などにより、弦歌嬌声に明け暮れる下田の花柳界に入り、その後、酒盛り唄の「下田節」も次第に洗練され、大正の初めには今日の節まわし（三下がり）が完成しました。

＊1……同様の句が丹後（京都府）の「宮津節」にあります。宮津は本荘・松平氏七万五千石の城下町で、五代将軍綱吉の頃から江戸吉原を模した遊廓が繁盛していた日本海有数の港町でした。「二度と行こまい　丹後の宮津　縞の財布がからとなる」「二度と行くまい丹後屋の二階　縞の財布がからになる」（宮津遊廓の丹後屋に小菊という絶世の美女がいて、侍から船乗りにいたるまで通いつめたと言われていました。遊廓創世期の元禄十二（一六九九）年は弁慶縞が大流行し、すべての町人の財布に使用されました）。宮津では「二度と行くまい」で、下田では「長居はお止し」ですが、どちらの歌詞にもその反語的な意味が含まれています。「宮津節」の歌詞の中には「からの財布が思いの種で　二度と行くまいとて三度来た」も見られます。

下田港は江戸と京阪を結ぶ連絡港として繁盛していましたが、そこには私娼窟があり「牛」と称する娼婦がいて、船乗りばかりでなく陸上の旅の男たちの財布をもカラにしたといいます。この唄には「ハイヤ節」の影響もありますが、当時大流行した茨城の「潮来甚句」に近いものもみられます。それは宮津節にはない独特の囃子ことばから類推されます。

東北から太平洋側を廻漕してきた帆船・千石船が、下田沖を吹き抜けてくる西風を受けつつ、右折して江戸湾に入るのは大変危険でした。そこで銚子から利根川に入り、潮来で、千石船から高瀬船に代えて、荷を積み替えて利根川を上り、関宿から江戸川へ入り江戸入りする「内海江戸廻り」か、潮来から銚子へ出て、沿岸沿いに房総半島をまわる「外海江戸廻り」の、二つの航路が利用されていました。西風の強いときなどには、江戸湾を横に見て、そのまま三崎・下田にまで船をすすめ、逆に西風にのって江戸湾に入る船もありました。そのため東北各地の民謡が、伊豆の下田にも散見されるのです。

前述の「宮津節」が九州西海岸のハイヤ節の影響が色濃いのは、次の歌詞を見ても納得されます。牛深、平戸のハイヤ節では「はいやエー　はいや可愛いや今朝出た船は　どこの港にソーレ着いたやら」が、宮津節では「はいやエー　はいや可愛いや今朝だした船は　どこの港にサーマ着いたやら」となり、これが日本海伝いに伝播し、佐渡では宮津節の歌詞の「惚れてつまらぬ他国の人に　末はカラスの泣き別れ」があり、これがそっくり「佐渡おけさ」の歌詞に移入されています。また津軽では「あいや節」、太平洋を南下して「塩釜甚句」、福島県相馬の「カラス浜あいや」、茨城へ入って「潮来甚句」となり、潮来経由「下田節」となり、当初の姿からは大変身して漂着したものと考えられます。

＊2……江戸時代の流行り唄に「あわれ浮世にかわがな二瀬（ふたせ）　思い切る瀬と切らぬ瀬の　逢うて辛さを語りたや」がありますが、下田節の中にも「下田の沖には二瀬がござる　思い切る瀬と切らぬ瀬と」がうたわれています。肥前松島（長崎港外の松島炭鉱所在地）にも沖合に四つの瀬があって「松島沖に瀬が四つ　思い切る瀬と切らぬ瀬と　また来て逢う瀬と逢わぬ瀬と」があり、同様の意味で信濃の山の中にも「諏訪の平に葦なら二本　思い切る葦切らぬ葦」があります。

＊3……朝山を眺めながら帆を巻くの意。朝山・夕山は船入りの用語です。

＊4……志摩国（三重県）の鳥羽港。

＊5……沖合の本船に人や荷を運ぶ伝馬船で、弥帆は大船の舳先のほうに張る小さい帆。帆足は帆の下、または帆綱。

＊6……「ソーラン節」に「沖のカモメに潮どき問えば　わたしゃ立つ鳥波に聞け」秋田民謡の「姉コもさ」に「恋しさに空とぶ鳥に　文をやる　この文を落としてたもな　頼みおく」があります。おし鳥は異国人のために言葉が通じないことから、オシドリを唖鳥にかけています。

＊7……だしの風は伊豆地方の方言で、陸から沖へ吹く風。

＊8……「みまた出るときゃ涙で出たが　やひこ廻ればザンゲする」『延享五年小歌しやうが集』（一七四七年）に。また青森民謡「十三の砂山」に「十三を出るときゃ涙で出たが　尾崎かわせば先ゃいそぐ」があり、「津軽アイヤ節」にも「新潟出るときゃ涙で出たが　今じゃ新潟の風もいや」がある。間の山は下田港の背後の山。

＊9……『山家鳥虫歌』（一七七二年）に「十七が室の小口にひとり寝て　花がかかると夢を見た」があり、またこの詞句と似たようなものが潮来甚句の後囃子に「山中通ればウグイスが　梅の小枝に昼寝して　花咲け咲けと鳴くわいな」が見られます。

＊10……「橋の上から女郎屋を見れば　行こうか戻ろか思案橋」『延享五年小歌しやうが集』。柿崎は下田の東北部、安政三年七月、玉泉寺に米使ハリス、領事館を開設。間戸の浜は下田・柿崎間の地名で唐人お吉で有名です。

下田節の周辺の唄

三崎甚句……「三崎港にドンとうつ波は　かわいお方の度胸さだめ　（以下ハヤシ）三崎港に

菊植えて　根もきく葉もきく　晩にあなたの便りきく／三崎城ヶ島はみごとな島よ　根から生えたか浮島よ（以下ハヤシ）三崎の地蔵さんは　性わる地蔵さん　女と酒なら裸で世話する」……

三崎港には江戸期からマグロの漁獲期になると、三陸、紀伊、土佐、九州あたりからも漁船が終結し大いににぎわいました。その漁港の歓楽街でうたわれた唄です。

参考資料
『日本民謡集』町田嘉章　浅野健二編　岩波文庫　『民謡手帖』竹内勉　駸々堂　『民謡の旅路』服部知治　青年新書　『民謡百話』白鳥省吾　新潮社　『郷土芸術』昭和九年二月号　『はいや・おけさと千石船』竹内勉著　本阿弥書店

蛍はどう歌われてきたか

あるとき、ふと聴いた民謡の「潮来甚句」の後囃子(あと)の一節が、その後も耳について離れなかった。それは「恋に焦がれて鳴く蝉よりも　鳴かぬ蛍が身を焦がす」というものだった。

古来より蛍は文学的にも題材になりやすく、ひとり静かに燃やす恋の炎、忍ぶ恋、片想いなどの象徴としてうたわれたが、古代歌謡の世界では『万葉集』（巻十三）に、たった一首「蛍なすほのかに……」があるだけで、しかもここでは枕詞として使われているにすぎない。また上代の大和絵の世界にも、蛍の画題はきわめて少ないという。それはなぜだろうか。

万葉の時代はまだ寒く、土地も荒れており蛍の生息数も少なかった。しかし中世に入って荘園ができ、里山に蛍が生息しやすくなったので、蛍の歌も多くうたわれるようになったという説もある。はたしてそうだろうか。

まさしく、このような疑問に答えてくれたのが、詩人の安西均さんの著書『邪悪な蛍』であった。

『日本書紀』には「彼(そ)の地(くに)に多(さわ)に蛍火の光(かがや)く神　及び蠅声(さばえ)なす邪(あ)しき神あり」（七二一年）とうたわれており、「夏の蠅のごとく騒然たる邪神」「闇を声なく飛び交う禍々(まがまが)しい粒々の光の神」すなわち古代では「邪悪な精霊」と見なされていた蛍を、誰も好んで歌ったりはしなかったのだと、安西さんは断言されている。

そして、この蛍が恋の神へと大きく変身していくのは、和泉式部の次の歌のあたりからでは、と示唆されている。

物思へば沢の蛍もわが身より
あくがれ出づる魂（たま）かとぞ思ふ

この歌について、安西さんは「もはや風雅といふやうな穏やかなものではない　物思いの末におのれの魂も千々に砕けて闇に浮遊するといふ　惻々として鬼気迫る歌といふほかない」と説かれている。まさしく、この和泉式部の歌の前後から、蛍が恋の唄としてうたわれ、次々と登場してくる。

鳴く声も聞こえぬものの悲しきは
忍びに燃ゆる蛍なりけり
『内裏歌合』九（九八六年）

音もせで思いに燃ゆる蛍こそ
鳴く虫よりもあわれなりけれ
源重之（一〇八七年）

わが恋は水に燃え立つ蛍々
もの言わで笑止の蛍
『閑吟集』五九（一五一八年）

飛ぶ蛍何を思いて身を焦がす
　われは恋路に身をやつす
隆達節（一六〇〇年頃）

焦がれ焦がれて鳴く蟬よりも
　鳴かぬ蛍が身を焦がす
『浅野藩御船歌集』（寛永年間）

恋し恋しと鳴く蟬よりも
　鳴かぬ蛍が火をとぼす
流行歌（元禄・正徳年間）

声にあらわれ鳴く蟬よりも
　言わで蛍の身を焦がす
『松の葉』（一七〇三年）

恋し恋しと鳴く蟬よりも
　鳴かぬ蛍が身を焦がす
『延享五年小歌しやうが集』

思い乱れて飛ぶ蛍
　夕べ夕べに身を焦がす
『山家鳥虫歌』日向

恋に焦がれて鳴く蟬よりも
　鳴かぬ蛍が身を焦がす
　　　　　　　　　　　　　『山家鳥虫歌』山城

ここでやっと前述の「潮来甚句」の歌詞にたどりついたわけだが、蛍の歌として、やはり今でもうたわれているこの歌詞が、私には詩的にも一段と精練されてきたもののように思える。

古来から日本人の繊細な感性に応えてくれた蛍。詩歌句のほかに源氏、伊勢、宇津保などの物語にも格好の背景を提供してくれた蛍。いま蛍は田圃や里山の荒廃、公害問題、農業の衰退などで、このままでは絶滅危惧種になりそうだという。各地の心ある人士の努力で辛うじて生き残っている。蛍よ蛍、健在であれ、末永くいつまでも……。

添田啞蟬坊と演歌

はじめに

今日、みなさんが行かれた浅草の奥山は江戸時代からああいう状態だった、もっとすごかったと思います。居合い抜きとか独楽（こま）回し、今日は猿回しをしていました。蹴鞠（けまり）とか、砂で絵を描く砂絵とか、講談、落語、それも路傍で大道でやっていたわけです。祭文（さいもん）、ちょぼくれ、轆轤（ろくろ）首とかいろんな見世物がでていました。大道占い、それから食べ物の屋台、越後の角兵衛獅子、出雲の安来節とか千葉県の大漁節、そういったものが軒並あったのです。仲見世のあたりから、ずーっとつづいていた。奥山というところに、池があって、ひょうたん池といい、埋められて今はありませんが浅草の名物でした。

凌雲閣といって十二階の建物があったのです。おそらく五重塔より高かったんじゃないかと思いますが、これが浅草名物というより東京名物で、大正十二（一九二三）年の関東大震災で崩れてなくなってしまったのです。凌雲閣は浅草では大変有名だった、なぜならばその下は十二階といわれ、あいまい宿、吉原に続く売春宿がいっぱいあったのです。

石川啄木のお葬式をした土岐善麿の実家である等光寺も見学しましたけれど、啄木が、明治四十二、三（一九〇九、一〇）年頃、北海道の小樽から東京へ出てきて、十二階下へよく通っていた。日記にも出ているんですが、函館にいた小奴という女によく似た女性がいて、通ったということです。啄木はその頃二十四歳でしたが、北原白秋が二十五歳のときに啄木に連れてこられてそこで童貞を失ったということです。野田宇太郎さんの本（『日本文学アルバム8』）に出ています。啄木は先輩ぶって、九州から出てきて、『邪宗門』を上梓したばかりの新進の詩人白秋をそこへ連れて行った。ところが、啄木は借金王で、その頃朝日新聞の校閲係に就職して、給料日になるとみんなに借金を返す前に、必ず十二階下へ通っていました。

先日、私も九州の柳川へ行ったんですが、北原白秋のお母さんが、毎月慶長小判を一枚ずつ送っていたと聞きました。相当なお金です。そのうち、白秋の実家は没落してしまいますが、おそらく啄木は、そのお金の世話になったのではないかと思います。

近代文学をかえりみて、浅草というところにどういう作家たちが集まったかというと、宇野浩二、高見順、武田麟太郎、川端康成、谷崎潤一郎、永井荷風、菊池寛、こうした人たちが浅草に固執していい小説を書いた。添田啞蟬坊（そえだあぜんぼう）は、そういう場所で演歌を歌い語り、演じたわけです。

啞蟬坊の時代と演歌

啞蟬坊は本名、添田平吉、明治五（一八七二）年に生まれ、大磯から出てきて、横須賀に住んでいたことがあります。あるとき横須賀の盛り場で非常な人だかりがしていてびっくりしたんです。変な男が三人組んで歌をうたっている、編笠かぶってステッキもって、鼻緒の太い下駄はいて、白い兵児帯（へこおび）しめて歌をうたっている。聴いていたらなかなかいいことを言う、この頃はまだ節はついてなかったと思います、怒鳴っていたんです。

「アフガニスタンやビルジスタン、安南、ビルマ、インド国、その他無数の小国もみなこれ仏英の植民地。煎じ詰めれば東洋は泰西諸国の牽制に蹂躙せられて対等の地位を保てる国はなし。悲憤慷慨胸に満つ」といったようなことを叫んでいる、この内容に添田平吉は非常に感動したんです。日本も巻き込まれるんじゃないか、西洋の列国の植民地にされてしまうんじゃないか、そういう不安を当時の人たちはみんなもっていたんです。

街角の演歌師

　なぜ、大道でやっていたかというと、演説会場でやると、集会条例で禁じられており、弁士が演説をしますと、戦前のプロレタリア詩人・壺井繁治さんたちもそうでしたが「弁士中止」といわれ中止させられた。明治の頃はまだ江戸時代の名残がありますから、雇われた壮士たち、侍くずれが刀をもって会場に殴りこんでくるんです。そういう危険な中で彼らは演説をしていたわけです。演説がだめだといわれた時にどういうふうにしたかというと歌をうたったのです。その後、添田平吉もそういうなかに巻き込まれていくわけですけれども、弁士中止で話ができないなら、歌をうたおう、と。じゃ、みなさん私たちはこれから歌をうたいます、というので始まった。

これが演歌なのです。ですから、たんなる怒鳴り節、怒鳴り歌であったものが、少し節をつけてうたう、と。それもおもしろおかしくやる。ただ演説しているだけじゃ聴いてくれないし、演説は警察にだめだと言われるけれど、歌ならいい、と。これはおそらく、演説はだめだけど、詩の朗読ならいい、というふうなことじゃないかと思うんですが。

演歌師たちの生業（なりわい）はどういうふうになっていたかというと、その街頭で、ひとが黒山のように集まる所で、パンフレットを売るんです。啞蟬坊はまだ、組合に入っていないときに、東京までパンフレットを買いに行って、それを街頭で売って、自分で始めたんですね、横須賀で。そうした時に二百冊とか百冊とか売れるんで、本家の演歌組合の人たちが大変びっくりしたくらいでした。

そのなかの一つに人心の腐敗というテーマで、「愉快節」というのがあります。多少は節がついていましたが、おそらく怒鳴り歌です。その流れの歌で「擲雷武士（ちゃくらいぶし）」というのがあります。

髯とむすんだ　チャンカンポン／髯とむすんだ　チャンカンポン／条約解いて　レンカン

ポン／気随気儘にチャクライシュ／気随気儘に　チャクライシュ／ちょいと暮らしたい　バラバラボン

これはオノマトペがおもしろいです。このオノマトペについては後でのべます。これは明治二十六（一八九三）年につくられた歌です。明治三十年には足尾銅山事件があって、田中正造がかかわってくるわけですが、その頃は二十五歳、そして演歌倶楽部にも正式に入って、唖蟬坊という名前をじぶんでつけます。

時あたかも日露が断交する。そして社会主義協会が禁止される、日露戦争がはじまる。そうすると、演歌師たちはそこに巻き込まれていって、「軍神広瀬中佐」とか「ロシャコイ節」など、やや時流に加わるようなかたちの歌をうたうようになっていきます。

添田唖蟬坊（大正9［1920］年）

ところがその後、唖蟬坊は、堺利彦という社会主義者に出会って、反省するんです。じぶんたちの歌は体制にべったりして、戦争に巻き込まれていっていいのだろうか。そうじゃない面を庶民ですからみているわけです。そういうなかで「ラッパ節」の替歌をつくります。

華族の妾のかんざしに／ピカピカ光るは何ですえ／ダイヤモンドか違いま

す／可愛い百姓のあぶら汗　トコトットットット（これはラッパの音なんです）

大臣大将の胸先に／ピカピカ光るは何ですえ／金鵄勲章か違います／可愛い兵士のしゃれこうべ　トコトットット

こういうふうな歌をつくって街頭でうたっていく。日露戦争で財閥系の大企業は莫大な利益を上げます。しかしそのしわ寄せが、庶民のところに過酷な形で現れます。富国強兵策、明治政府の第一の目標ですから、非常に貧富の格差が激しくなっていきます。

たとえば「四季の歌」というのがあります。

めぐる機会の歯車の　間に挟まる労働者　死んでしまうまでしぼられる　汗をしぼられ油をしぼられ血を吸い取られ　骨までしゃぶられ吐き出され　まだ目が覚めぬか労働者　人のよいにも程がある

こういう詩を明治三十七、八年ごろつくっています。今日でも通用する内容じゃないでしょうか。明治三十九年に社会党ラッパ節というのをつくります。啞蟬坊は堺利彦に会って、幸徳秋水の影響も受け社会主義に接触していくのです。この時には、「ああ金の世」、「ああわからない」、「あきらめ節」、こういった歌をつくります。

ああ金の世や金の世や　地獄の沙汰も金次第　笑うも金なら泣くも金　一も二も金三も金親子の仲を裂くも金　夫婦の縁を切るも金　強欲非道とそしろうが　がりがり亡者とののしろうが　痛くもかゆくもあるものか　金になりさえすればよい　人の難儀や迷惑に遠慮していちゃ身が立たぬ（「ああ金の世」）

いま大企業にはこういう経営者が多いですよね。おそらく、金になりさえすりゃいい、そういう考え。明治三十九年という状況にあって、唖蟬坊はこういう歌をつくってうたっている。

明治四十二（一九〇九）年になりますと、「増税節」とか、「ゼーゼー節」なんていうのができます。「ゼーゼー節」は、税金がどんどんとられていく、家も田畑も人手に渡るぐらい収入が減ってくるという歌です。

家も田地も人手にわたし　いまじゃ毎日エンヤラヤノヤ　トツアッセー　トツアッセー
日傭いかせぎ　マシタカゼーゼー

トツアッセーは、咄、圧制です。圧制をやっつけろというのです。マシタカゼーゼーは、税金が増えたかということです。この年、伊藤博文がハルビンの駅頭で安重根に暗殺されます。この時とばかり、明治政府は朝鮮を併合して総督府をつくり、朝鮮に対する侵略をどんどんすすめていきます。そして明治四十三年、四十四年、唖蟬坊三十九歳の時に大逆事件が起こります。幸徳秋水ら十二人が死刑になります。完全にでっちあげの大変ひどい、証拠も何もありゃしないもので死刑になったのです。第二次世界大戦中の横浜事件もこれと全く同じ、同じやり方を学んで戦時中の官憲はやったと思います。

「オッペケペー節」で有名な川上音二郎が、この四十四年に亡くなっています。演歌師は街頭で演じたけれど、川上は寄席、高座で、衣装も白鉢巻をして陣羽織を着て日の丸の扇子を持って、かっこよくやったのです。ですから舞台栄えがする。オッペケペッポペッポッポーと囃しながら、社会や時事問題を演じたわけです。川上貞奴（さだやっこ）という女優さんを連れてヨーロッパへ行き、パリでも喝采をあびました。

閉塞の時代と演歌

そして、時代はだんだん暗くなっていきます。言論もどんどん弾圧される。そういうなかで、演歌師たちはどうなったか。勇ましい歌はうたえなくなってきて、また勇ましい歌は大衆にうけなくなる、暗い時代、不景気不景気の時代になると、歌のテンポものろくなって歌詞も、だんだん変えられていきます。

ここで、「むらさき節」というのがでてきます。今日見た弁天山の唖蟬坊の碑にもありましたが、「むらさき節」が、いわゆる政治から、演説する演歌から艶歌の演歌になっていくひとつのきっかけになった歌ではないかと思います。江戸時代からつづいている俗曲で、「さのさ節」というのがあります。世をはかなむというか、人生、浮世というものは水にどんどん流されていく、わたしもそういう水の流にそって流されていくのだという、あきらめ節みたいなところがあります。それが「さのさ節」の節でうたわれたようです。

むらさきの袴さらさらホワイトリボン　行くさきゃいずこ　上野　飛鳥山　向島　ほんに
のどかな花の風　散れ散れ散るならさっと散れ　チョイトネ

だいぶはじめの頃の演歌と様がわりしてきました。調子がダウンしているというか。ただ、そのなかにも、

つまらない　ああつまらないつまらない　小作のつらさ　待ってた秋となってみりゃ　米は地主にみな取られ　可愛い妻は飢えに泣く　チョイトネ

そういう歌詞も入れ込んでいますが、曲自体が大変物悲しい。トーンダウンしていくということでありました。そして、明治四十五（一九一二）年、石川啄木は亡くなります。啄木は四月に、七月には明治天皇が亡くなり、翌年には「マックロ節」とか、「奈良丸くずし」という歌が流行りました。

「奈良丸くずし」は、浪花節の吉田奈良丸がうたったものです。有名なのは、

ささやささささ　ささやささ　其角と源吾は橋の上　水の流れと人の身は　あした待たる宝船

一方、「マックロ節」というのは、箱根に鉄道が通ってからうたわれるようになります。

箱根山　昔ゃ背で越す駕籠で越す　今じゃ夢の間汽車で越す　けむりでトンネルは　マックロケノケ

労働者　下司よ下郎とバカにする　それが開化か文明か　労働者がなけりゃ世はマックロケノケ

まったくのあきらめではなく、抵抗の姿勢も演歌は失ってはいなかったと思います。大正六（一九一七）年にはロシア革命があって、日本では米騒動が起こりました。庶民が米は食えなくなった、東京市長が、豆粕を食えと言った。演歌師たちはとびついて、親切な東京市長の田尻さんが言うんだから、「豆粕ソング」をつくろうと、田尻市長を風刺した歌をつくります。

米はあがろと下がろとままよ　ほかに南京米がないじゃなしよ　何をくよくよ鳩豆もござる　腹はいたんでも辛抱する

何か、いま二〇〇八年は十万トンぐらい国内生産米が余るというのに、外米を山のように輸入しつづける状況に似ています。庶民に汚染米を食べさせようとする政府。

高い日本米はおいらにゃ食えぬとうたったのです。北原白秋と中山晋平の歌で、「さすらいの歌」というのがあり、この「豆粕ソング」は雄大なその曲調でうたったようです。大正八（一九一九）年には、「労働問題の歌」というのがあります。

物価が高いから賃金増してくれと　言うてる間に物価がまた上がる　社会の風潮日にすさむ　労働問題研究せい　犬が吠えるとて魚の骨投げて　投げてごまかす温情主義　社会の風潮日にすさむ　労働問題研究せい

演歌の精神に戻ったような歌です。それから四年後に関東大震災があって、朝鮮人が多数殺され、伊藤野枝、大杉栄が暗殺されます。その後流行った歌が野口雨情の「船頭小唄」です。弾圧と自然災害、そういう中で庶民たちがどういう心情で生きていたのか、そこにぴったりしていたのだと思います。その翌年にあの暗くて寂しい「籠の鳥」という歌が流行していきます。

演歌の抵抗

時代の風潮を演歌は反映していたのでしょう。大正十四（一九二五）年、演歌で言えば後期のほうでしょうけれど、「金々節」というのがあります。私が最初に演歌について書いたのは一九六四年の『詩人会議』四月号でした。七四年二月号には、唖蟬坊の長男の添田知道さんが執筆してくれています。知道さんと壺井繁治さんが親しく交際していたんですね。その六年後に知道さんは亡くなります。私が編集を担当していて、執筆のときに原稿をとりにいけばよかったのですが、郵送してもらい、会えなかったことが非常に悔やまれます。

「金々節」をちょっと読んでみます。節をつけてうたわれたと思いますが、「金々節」は音源の記録に残っていません。

金だ金々　金々金だ／金だ金々　この世は金だ／金だ金だよ　誰がなんと云おうと／金だ金々　黄金万能

坊主可愛や生臭坊主／坊主頭にまた毛が生える／生える又剃る又すぐ生える／禿げて光るのが台湾坊主

坊主抱いてみりゃ　めっちゃめちゃに可愛い／尻が頭か　頭が尻か　尻か頭か見当がつかぬ／金だ金々　医者っぽも金だ

学者議員も政治も金だ／金だチップだ賞与も金だ／金だコミッションも賄賂も金だ／夫婦親子の仲裂く金だ

という詞です。今の世でも通ずるものです。そして、昭和に入って、唖蟬坊は演歌活動を中止します。執筆活動に転換したんだと思います。群馬県の桐生に越し、半仙生活という半分仙人の生活をやっていきます。

そして、この三、四年後には、四国の八十八か所の遍路旅にでます。だいぶ精神的にはいろんな変化があったと思います。占い、易をやる、人体と諸相、天体とかの研究に入っていく、運命の予言をする。世の中が嫌いになる、ペシミズム、ニヒリズムの傾向が感じられます。そして遍路旅にでて、自分の体も心もきたえたいということだったと思います。帰ってきてから、知道さんにいろいろ、明治の頃からのことを話して、『唖蟬坊流生記』という本が出版されます。昭和十六（一九四一）年、太平洋戦争のはじまる年に刊行され、戦争の終わる前の年、昭和十九（一九四四）年二月に唖蟬坊は亡くなります。七十二歳。今日見てきた浅草観音の弁天山にあった唖蟬坊の碑が、昭和三十（一九五五）年に建てられたのです。翌年、青山の無名戦士の墓、解放運動家の墓に（いま壺井繁治さんや草鹿外吉さんも入っていますが）、そこに合葬されます。

オノマトペと演歌

演歌の特徴を申しますと、オノマトペが非常に多いのです。ヤッツケロ節、ロシャコイ節、ゼーゼー節、ブラブラ節、ストトン節、パイのパイのパイという、「ラメチャンタラギッチョンチョンノパイノパイノパイ　パリコトパナナデフライフライフライフライ」とうたう歌など。洋食店のメニューをそのまま囃子言葉にしたんだそうです。

ダンチョネ節とか、マックロ節とかも、オノマトペを多用した明治、大正の演歌の特徴だと思います。

歌のタイトルについては、江戸時代の民謡の影響を相当受けてるんです。寛保（一七四一年〜）、寛延（一七四八年〜）、あるいは宝暦（一七五一〜）年間、非常にはやった歌で、ホンニサ節、ソンナラコイ節、コイツガイイ節、ヨイワイナ節などがあります。ちょっと下って文化（一八〇四年〜）、文政（一八一八年〜）になると、ヨイソレヨイソレ節、ドンドン節、ションガエ節、これはいま宮城県でうたわれている「さんさしぐれ」の元歌ですが、そういったものがあります。

それからヨシコノ節、これは都々逸の元歌です。それから、ドウシタドウシタ節とかザンザ節があります。ザンザ節は田沼意知（おきとも）の時代に流行った歌です。江戸の瓦版によって大変広くうたわれていたものです。

　田沼豊年若殿様よ　イャザンザ　佐野の善左で血はザンザ

田沼意知は天明四（一七八四）年、江戸城中で佐野善左衛門に殺されるわけです。それを庶民がこのようにうたったわけです。いま、「ザンザ節」は九州の佐賀県と長崎県にまたがる多良岳周辺に、「岳の新太郎さん」という民謡があり、この「ザンザ」という言葉がうたわれています。日本人の庶民の語感、音感ですね、これを生かして得意にしてうたってきた。これが明治、大正の演歌にも引きつがれている、と私は思います。

現代うたわれている民謡で、オノマトペをタイトルにしている歌が各地にもあります。熊本に「キンキラキン」あるいは「ポンポコニャン」。福島には「カンチョロリン」があり、これは神様と長老という意味を囃子言葉にしています。隠岐島では「キンニャモニャ」、いまでもキンニャモニャ大会が毎年あるようです。青森に行けば「ナニヤドウヤラ」という、なにがどうしたやらと、けったいなタイトルの民謡があるのです。それから宮城県では「ザラントショウ」、稲を稲架に架ける時に、その音がザラントショウと聞こえる。山口では「ヨイショコショ節」、兵庫県では「デカンショ節」、大分では船端をコツコツたたいて鮎をとるので「コツコツ節」なんていうのがあります。長崎へ行くと街をぶらぶらする、というので「ブラブラ節」があります。江戸時代の民謡が明治、大正の演歌に相当影響を与えている、演歌師たちはずいぶん勉強していたのではないかと思います。

小林多喜二の『蟹工船』の第二章。あけてみると見開き二頁に、十六箇所のオノマトペがあります。キラキラ、ジュクジュク、ギイギイ、ギクシャク、ゲエゲエ、ヒョイヒョイ、モリモリ、ドブーン、ギー、ドッドッドッド、ビューービュー。オノマトペはきわめて庶民の日常の言葉、感覚用語です。多喜二はこれを、いわゆる庶民の通俗語というものを意識的に使ったのではないかと思います。雅文とか美文とかじゃなくて、庶民がほんとうに親しめる日常の文章なのです。オノマトペの役割を熟知して使ったと思います。いま、若者が読むのにも身近な、溶け込みやすい世界。そういう文学の方法をとっていたのではないでしょうか。

詩と演歌

詩と演歌の関係について言いますと、明治三十年に矢田部良吉と井上哲次郎らが、『新体詩抄』という本をつくりました。これで、新体詩の運動が始まって、そのなかで言文一致運動も起こり、これには山田美妙という人が大変活躍しました。明治の最初の頃の演歌に山田美妙も加わっているんです。「富士野栖夜嵐（ふじののよあらし）」という演歌の出だしは、

夕づく日　赤沢山の秋の色　照り栄る（はゆる）紅葉の錦踏み分けて　牡鹿鳴く奥野の狩の帰り道

お気づきと思うのですが、五七五なんです。俳句です。こういう演歌を詩の実験のようにやっているんです。さすがに言葉のつかいかた、名人だなと思います。

演歌は、明治四十三年頃から、バイオリンで伴奏されるようになります。それまでは、拍子木とか、手を叩いたりしてやったんでしょうけれど、昭和の初期まで、「のんき節」とか「金色夜叉」とか、石田一松なんか、バイオリンでやっていたのを聴かれたと思いますが。大正から昭和の初めにかけて、放送局ができてラジオが盛んになる、レコード会社もどんどん増えてくる、そうすると街頭でやる意味がなくなってしまう。くわえて、戦争中、言論弾圧が激しくなっていますから、演歌自体はわりと艶っぽい歌に変わっていきます。詩人会議の創立時、新宿の居酒屋でよく、壺井さんとか土井大助さん、城侑さん、草鹿外吉さんたちと飲んでいたときは、演歌師がギターで流しに来ていました。北島三郎なんかも流しをずっとやっていた人ですね。

明治大正の演歌は、浅草とか深川のお不動さんとか水天宮とか、各地の酉の市とか、神社のお祭りとかでやっていました。節があるのもありますが、節なしでもやる、いわゆる詩の朗読をやっていたと思えばいいと思います。「大衆路線の詩」と私はかねがね言っているのですが、寅さんでもわかる詩、庶民の文化の底を流れている深層海流を流れている詩であったと思います。

二〇〇八年十一月二日の朝日新聞の書評欄で、坪内稔典（としのり）さんが『限界芸術』という鶴見俊輔さ

んの本を取り上げています。芸術と生活の境界にあたる作品、たとえば手紙、庭いじり、盆栽、早口言葉、落書き、積み木、盆踊りなどが、じつは純粋芸術と大衆芸術を生んでいくのだ、そういう力をもっている、と書かれた本です。

これで思いだすのは、かつて水道橋の労音会館で、谷川俊太郎さんを招いて「詩の学校」をやった時に、ひとつ質問をしました。中江俊夫という詩人が『語彙集』という詩集を出したのです。難解ではたして詩なのかということが全くわからなかったのです。漢字を羅列しており、どう解釈すればいいのか、と谷川さんに聞いたのです。

谷川さんは、中江はいま非常に危険な冒険をしている、厳しく屹立している尾根、その境界でここまでは詩だけれどもここから詩じゃなくなる、その境界をやっているのが中江の仕事なんだと答えました。

なるほどと思ったのだけれども、演歌師の人たちもそうなんですね、添田唖蟬坊もここまではいいけれど、ここからはもうちょっと質のいいものにしたい、と、境界を目指していたと思います。楽しみつつやっていたわけです。社会に目をむけ、条約改正とか、廃娼問題とか、選挙干渉とかをテーマにうたって、でもそれを新聞記事みたいなかたちでなく、すこし情緒的に庶民の気持ちを込めてうたわなくてはいけない、と考えたと思います。

明治の初期にうたわれた演歌、怒鳴り歌、咆哮であったものが次第に変わって、しっかりと節付けした歌として人びとの心の中に入っていけるような、いわば創作者としての苦労をされたと思います。

明治、大正をたたかいぬいて、くぐりぬけてきた演歌、これは百パーセント文学であり、詩であるというふうには申しません。しかし、今日の詩と文学が忘れているだいじな何かを、抱えもっているのではないかと思います。『詩人会議』二〇〇八年十一月号で、「郷土の祭りと民謡」という特集をやりましたけれど、民謡にも同じようなことがいえます。現代詩が忘れているような、だいじなことが。

今日、現実には米、肉に始まる食品の偽装、マンションなどの建築偽装、そして非正規・派遣社員問題、後期高齢者の問題、防衛省の汚職、消費税増税、大資本、金持ち優遇制度に問題があるにもかかわらず、消費税を増税しようとする、いろんな問題が山積しています。

唖蟬坊たち、演歌師たちが生きていたら、歌の題材がこんなにいっぱいあるといって、どんなにか喜んだのではないかと思うのです。ですから私たちはいま詩人として、詩人会議として、どういうことをしたらいいか。なにをどのように書くべきか、そういう観点から今日のお話が少しでも参考になればうれしく思います。

参考文献『添田唖蟬坊知道著作集・全六冊』刀水書房

私の民謡・歌謡本さがし

一九六五年、春から秋にかけての五か月間、私は「詩と民謡」をテーマに、月刊詩誌『詩人会議』に連載を行っていた。それは当時の現代詩が、あまりにも庶民と遊離していたことへ私自身への警告であり、自戒でもあった。

先達詩人である北原白秋、野口雨情らは、すでにこのことに着目し、わが国に伝わる歌謡、民謡を自らの作品の中に血肉化させている。しかし当時は、その白秋、雨情らの詩集、詩論さえもほとんど入手困難であった。しかも民謡関係の本は、古書も新刊も非常に乏しく、私は神田の古書店や古書街を鵜の目鷹の目で探し歩いたものだった。

まず私の民謡研究の端緒をつくってくれたのは、高野辰之の著書『日本民謡の研究』（春秋社・大正十三年）と『日本歌謡史』（春秋社・大正十年）であった。また民謡を確固たる民衆史観の立場から、教示してくれたのは松本新八郎『民謡の歴史』（雪華社・昭和四十年）と服部知治『日本民謡論』（新読書社・昭和四十年）であったと思う。さらに東京堂から出ていた高野辰之『日本歌謡集成』全十二巻は（昭和三～五年、続の全五巻は昭和三十九年に完結）も、きわめて入手困難な書物であり、私はほとんど諦めていたのだったが、かねてより知己の東京堂出版の山下鉄郎氏が、事情を解されて同集成の古本を私に送って下さった。何なる感激であったことか。それはその後の私の民謡研究に絶大なる貢献をしてくれたのだった。私はこの高野辰之の貴重な研究成果を今後もぜひ世に残すべく、山下氏にぜひ再版をと助言をしたが、その後昭和五十四年、同書の復刻版が出され七百セットほどを完売された由うかがい安堵したものである。

また、明治・大正期に出版された民謡・童謡集の資料として重宝しているのは、大和田建樹『日本歌謡類聚・上下』（博文館・明治四十二年）、『俚謡集』（文部省・大正三年）、高野辰之・大竹紫葉編『俚謡集拾遺』（六合館・大正四年）だが、これはその後昭和五十三年、三一書房より復刻版がでている。

さらにこうした歌謡・民謡史の豊富な内容を形成する「言葉」について、私は先達たちの次の貴重な研究書によって大いに助けられた。それはまず何と言っても岩野泡鳴の『新体詩の作法』（修文館・明治四十年）であり、相良守次『日本詩歌のリズム』（教育研究会・昭和六年）、中根淑『歌謡字数考』（大日本図書・明治四十一年）、児山信一『日本詩歌の体系』（至文堂・大正十四年）などである。とくに泡鳴の『新体詩の作法』は、日本の古代歌謡、中世歌謡、わらべ唄、浄瑠璃にいたる詩句一万句近くを分析し、七五調、七七調、五七調、独立五音、独立七音など、その音脚による音律の格調の変化を、

岩野泡鳴『新体詩の作法』

綿密に調べたじつに画期的な研究書であり、いま私の宝物の一つになっている。

次に探し歩いたアルス版『白秋全集・全十八巻』は、昭和四～五年に刊行されていたが、古書での購入はまず困難をきわめていた。手触りのよい今でいうワインカラーの天鵞絨版（恩地孝四郎装幀）で、豪華版の方は天金の菊判で造本装幀ともに、重厚でさらに絢爛につくられていた。私はこの豪華版を、かって京都のナカニシヤ書店を訪れたとき、はじめて応接室で拝見した。それは当時全十八巻揃いで古書価は当時で四十万円くらいとか言われていたものだった。

私はこのワインカラーの天鵞絨版の方の白秋全集を、古書で収集しようと思いたった。私の「詩と民謡」研究の上で絶対に欠かせない本だったからである。いわば必要にせまられての収集であり、多少のシミや汚れ、ケースなし、月報なしは厭わなかった。それらを私はいつも送って頂く神田の古書展の目録や、古書店で買いはじめた。あるときは井上ひさしさんや国立劇場の小沢さんらと注文が競合し、抽選で私が当たっていたこともあった。全十八巻中、十五冊はそろったものの、どうしても後の三冊は出てこなかった。

そこで私は当時勤務していた出版社の仕事として、この白秋全集の復刻を思い立ったのである。私は歌人の木俣修先生を介して、市ヶ谷・曙橋近くのアトリエ出版社に、白秋の弟さんの北原義雄氏を訪ねた。そこで義雄氏に、白秋の弟子筋にあたる『室生犀星全集』（全十二巻 別二巻 新潮社 昭和四十年）と『萩原朔太郎全集』（全十五巻 筑摩書房 昭和五十三年）が出ているのに、なぜ白秋全集が出ていないのかを不思議に思い尋ねてみた。氏は白秋のご長男の隆太郎さんが、かって、ある宗教を信じておられ「大日本雄弁会 講談社という名前がよくない」ということで講談社の申し入れは断られていたという。また「岩波書店には、アララギの斎藤茂吉がついているので、これもよくない」と言われていたと、その時はじめてうかがった。しかし、ご長男の隆太郎氏がご子息の大学入試で大金が入用のため、今ならあるいはOKするかもしれないということも、うかがった。私は岩波にいる知人に「もし白秋全集を出されるのなら、今がチャンスかも」と、この話を伝えた。その後、岩波から『白秋全集 全三十九巻・別一巻』が刊行され、昭和六十三年にめでたく完結した。私はもちろん定期購入したが、これまで苦労して集めた、あのアルス版のワインカラーの天鵞絨にくるまった『白秋全集』が、なぜか急に愛しく思われてならなかった。

また野口雨情の本の入手は、金の星社の岡部勝司氏より頂いた『野口雨情民謡童謡選』（昭和三十七年）が最初であった。この社の初代編集長は、なんと野口雨情であった。余談だが、当時この社には先達詩人の野長瀬正夫氏がおられ、当時の出版関係の会合で、私は時おり氏と出会い、詩集『夕日の老人ブルース』（かど創房 昭和五十六年）や、詩集『晩年叙情』（金の星社 昭和四十七年）を頂き、私も詩集『昨日と今日のブルース』（思潮社 昭和三十六年）、詩集『ブルースマーチ』（秋津書店・昭和四十八年）などを出版していたので「ブルース党」同志として、この大先輩と大いに意気投合し、杯を重ね合ったことを覚えている。

その後、私の雨情本収集は『野口雨情詩集』（弥生書房 昭和五十一年）、泉漾太郎『野口雨情回想』（筑波書林 昭和五十三年）、野口存彌『父野口雨情』（筑波書林 昭和五十五年）と続き、その後金の星社から独立された岡部氏の「あい書林」から刊行された『野口雨情 回想と研究』（昭和五十七年）、『雨情会会報 復刻版』（金の星社・平成七年）などがある。きわめつきは未來社から昭和六十二年に刊行された『定本 野口雨情 全八巻』であろうか。これには雨情の遺した詩、民謡、童謡、童話、エッセイ、童謡論、民謡論のほとんどすべてが網羅されており、研究者冥利につきるといえる。

私の所蔵する民謡本で書名に「民謡」という言葉が明記された一番古い本は、前田林外『日本民謡全集』（本郷書院 明治四十年）である。これまで「俚謡」といわれてきた日本各地の民謡を編纂し、初めて活字で書名に「民謡」と名付けた書物として評価されている。貴重なこの本は、当時私の勤め先のオーナー・岩崎治子さんからの贈りものであった。

私の蔵書に大正期、昭和初期の民謡本がかなりあるのは、当時の新民謡運動（北原白秋、野口雨情、白鳥省吾、佐藤惣之助、大関五郎、西条八十ら）を反映して当時の本が刊行されたことにあろう。当時の詩人と音楽家たち（中山晋平、藤井清水、山田耕筰、清瀬保二、町田嘉章、古賀政男ら）が結集した幅広い「詩と民謡」の運動であった。ここからはその産物として「東京音頭」「須坂小唄」「十日町小唄」など、文字通り全国各地に多くの新民謡が生まれていった。

いま私の手元に『新民謡研究 二号』（歌謡社 昭和八年）なる三百四十頁ほどの雑誌がある。その内容も福士幸次郎、伊福部隆輝、長田恒雄、佐藤惣之助らざっと九十人近くの詩人と作曲家が論稿と詩作品を発表している。当時の運動の熱気がじかに伝わる得難い雑誌である。創刊はたぶん昭和七年だと思われる。この雑誌は季刊を目指していたようだが、その後どうなったのかは不明である。

さて私の民謡研究は、日本民謡を地域的に探究するのではなく、その唄の祖先を時代を追ってさかのぼる旅も始まっていった。近世から中世へ、さらに古代へと民謡の祖先を訪ねる旅である。紙数もないので、その旅の一部をかいつまんで申しあげると、近世では何と言っても『山家鳥虫歌』であろう。私がこの本の存在を知らされたのは、町田嘉章・浅野建二編の『日本民謡集』（岩波文庫・昭和三十五年）からであった。この名著は昭和五十九年になってやっと岩波文庫として刊行され、江戸期民謡の最高の資料であり研究書として、私は大いに助かったものである。それまで私は明治十六年刊の『諸国盆踊唄歌』（我自刊我書）しかもっていなかったし、詳細な解説書もなかった。ただ折口信夫創設の芸能学会の機関誌的存在であった『芸能』誌が、昭和五十年から五十五年にかけて仲井幸二郎、三隅治雄、西村亨氏らが同書の全編を討論形式で連載されたのが、きわめて貴重であった。

『日本民謡全集』

いまここに、明治期の詩壇に大きな影響を与えた訳詩集、『海潮音』（本郷書院　明治三十八年）で名高い上田敏選註の『小唄』（阿蘭陀書房　大正四年）なる函入の袖珍本（しゅうちんぼん）がある。これは上田敏が『山家鳥虫歌』と『吉原流行小歌総まくり』（万治・寛文期の歌謡集）を選註したもので、その解説一つとってみてもいかに江戸期の歌謡に精通していたかに驚かされる。江戸期の民謡・歌謡と彼自身の歌ごころを西欧の翻訳詩集『海潮音』にフルに活用したのが、当時の明治期の青年たちに大いに受けたのであろう。

この他に江戸期民謡の貴重な資料として『淋敷座之慰』（寛永期・歌謡集）、『巷謡篇』（天保期・歌謡集）などがあるが、これらはすべて前述の『日本歌謡集成』に収められている。

さらに江戸期の東北民謡と民俗の貴重な資料として、菅江真澄（すがえますみ）の『鄙廼一曲（ひなのひとふし）』がある。これは、前述の『続日本歌謡集成・三巻』にも収載されており、最近では岩波版『新古典文学大系・六十二巻』にも『山家鳥虫歌』とともに収載されている。原本に描かれた緻密で丹念に描かれた絵をもとに『菅江真澄民俗図絵 全三冊』を（「解説・内田ハチ・辻惟雄・宮田登」）として、昭和五十九年初めて私の社（岩崎美術社）から刊行することができた。その撮影の立会いに原画所蔵の秋田の辻家を訪れたさい、これまでこれらの絵は「家訓で門外不出であったけど、こうして世間にだせばこれまで不明であったハタハタのことなど、秋田の謎が解けるかもしれない」と語ってくれた夫人の言葉が、深く私の印象に残っている。

菅江真澄本刊行の話のついでに、『折口信夫の世界――回想と写真紀行』（平成四年）の刊行についてもふれておきたい。これは前述の芸能学会の機関誌『芸能』に昭和から平成にかけての十三年間、百五十九回の長期にわたって連載されたものであった。同誌を長年支えてきた石井順三氏の不断の努力と、執筆者の岡野弘彦、戸板康二、牧田茂、阿部正路、三隅治雄、芳賀日出男氏ら折口門下の方々二十二人のお陰であった。

さて同書が刊行された年の十月末、神楽坂の日本出版クラブで出版記念会が行われた。その席でのこと、私は会話のご不自由であった戸板康二先生から筆談で、次のようなメモを書いて頂いた。そこには先生の筆名の由来とも思われる注目すべきことが書かれていた。
「私が女学校の教師をしている時、折口先生がものをよそに書くのに、本名はまずいから香実とせよといわれたが、じつは先生のイタズラで、戸板は四谷怪談なのでカサネにした」というものだった。その戸板先生も三月後の翌年一月に亡くなられた。

私の民謡探求の旅で、江戸期の民謡本を訪ねたことは前述したとおりだが、中世については『梁塵秘抄』『閑吟集』が中心にあり、古代では何といっても『万葉集』『古事記』『日本書紀』の存在が大きい。だが、さらにそれら古代歌謡に大きな影響を与えたと思われるのが、紀元前の中国(『詩経』の時代)であろう。その点でこれには万葉学の権威、阪下圭八先生からの有難い寄贈書の数々があった。その中に七里重恵『支那民謡とその国民性』(明治書院 昭和十三年)、谷山つる枝『満洲の習俗と伝説・民謡』(松山房 昭和十三年)があるのは、こうした私の中国古謡の旅の貴重で心強いガイドであり嬉しかった。阪下先生から頂いた書目の一端をご披露すると、山本修之助『佐渡の民謡』(地平社 昭和五年)、羽田清次『佐渡歌謡集』(佐渡叢書刊行会 昭和十三年)、宮本国子『和歌山県民謡集』(同県女子師範 昭和十一年)、岡田陽一『全長崎県歌謡集』(交蘭社 昭和六年)、『木曾民謡集』(信濃教育会 昭和十一年)、高橋掬太郎『追分の研究』(新興音楽出版 昭和十四年)、兼常清佐『日本の言葉と唄の構造』(岩波書店 昭和十三年)などなど。そこには先生の若き日、日本の民謡と歌謡へよせた熱い思い、学究者のロマンがこれらの本からじわっと伝わってくるのだった。

私の著書『民謡の心とことば』（柏書房 平成七年）刊行後、民謡研究家の佐藤清山氏より、『日本民謡大観』についての詳細なデータが届けられた。日本放送出版協会刊の『日本民謡大観 全十三巻』、これは当時の古書店に尋ねると、まず五十万円前後の値段だが、だいたい物が出ないとの答えであった。私はこの『民謡の心とことば』の後記に「残念ながら肝心の『日本民謡大観 全十三巻』が欠けている。こればかりは私の手におえなかった。図書館を探してみるしかなかった。しかし、いつかは〈私の本棚〉にぜひ収録したいものと夢見続けている」と記していた。

清山さんは同じ民謡研究を志す者としてこの後記をみて、じつに懇切きわまるデータを送ってくださったのだった。その清山さんとの出会いは平成七年、神楽坂の日本出版クラブで行われた私の著書の出版記念会の席であった。その後、氏との文通と意見交換などが始まった矢先、明くる年の新春突然、氏は急逝されてしまった。何というショックだったか。没後数カ月、私はご子息の民謡歌手で三味線演奏家の梅若清瑛さんから、清山氏の遺品として『みんよう春秋』『みんよう文化』のバックナンバーなどを、貰い受けることになる。

『日本民謡大観』については、もう一つのエピソードを記さなくてはならない。佐倉で同じ団地の伊多波與之助さんから、没後、遺言でこの全巻を寄贈されることとなった。その伊多波さんと私との出合いは、ときどき犬を連れて散歩にいく近くの公園でだった。その公園で、いつも秋田生まれの父が好きだった「秋田おばこ」を、杉林にむかって名調子でうたっている老人がいた。そこである日思いきって声をかけると、その人は実は日本武道館の民謡大会でこの唄をうたい日本一になった人であった。ときおり民謡誌に寄稿していた私のことも存じよりだった。そのことから、ときおり郷里の秋田から送られてくるキリタンポや比内鶏の鍋をよばれて、ご馳走になったりしていた。ある日、伊多波さんの居間に、なんとNHKの『日本民謡大観』全巻があることに気がついた。私はそれが実に大変な資料（CD付）であることを氏に告げた。「自分が死んだらこの本は佐藤さんに差し上げよう」と、伊多波さんは半ば冗談のように語ったものだった。しかし、それからわずか一年後、それが事実になろうとは。その後、君津市へ転居された伊多波さんの奥さんから、ある日突然、訃報がとどいたのである。その葬儀のあと、私は奥さんと息子さんに呼びとめられた。父の遺言なので、あの『日本民謡大観』を佐藤さんに貰ってほしい、というのだった。

伊多波さんは前述した著書の後記に、私が物欲しそうに書いた一文をしっかりと覚えておられたのであろう。それがあの遺言となった。その後私は平成十三年、筑波書房より上梓した『詩と民謡と和太鼓と』の後記で、伊多波與之助さんより贈られた『日本民謡大観』のことを、深い謝意をもって、しっかりと記させて頂いたのだった。

第三部

全国民俗芸能大会の六十年

六十回目をむかえる「全国民俗芸能大会」

平成二十一（二〇〇九）年の秋、東京の神宮外苑にある日本青年館で、「第五十九回全国民俗芸能大会」が行われました。当日は「盛岡の法領田獅子踊り」「下総の佐原囃子」「伊豆大島吉谷神社・正月祭の芸能」「出雲奥飯石神楽」の四演目が熱く演じられ、舞台は見るほどに聞くほどに、心のあたたまる日本の民俗芸能の再現となりました。

そもそもこの会の始まりは、この建物の開館を記念した大正十四（一九二五）年十一月の「郷土舞踊と民謡の会」でした。それから八十五年をへて五十九回目の開催なのはその間、二十五年ほどが日中戦争と太平洋戦争による影響で中断されたためでした。

この第一回目の会の演目は、「川越の獅子舞」――地元埼玉県から小峰平八ほか五十名。「牛追い唄山唄」――岩手県江刈村の中六角春道・省義の二名。「茶摘み唄」――京都府宇治の松本松市ほか十名。「江州音頭」――滋賀県蒲生郡・塚本義雄の監督のもとに橋本梅吉ほか二十九名が舞台を設けて演奏。「越中の麦屋踊」——富山県平村下梨の八名。「越後追分」——新潟県春日村の中島信治ほか十二名。「佐賀の面浮立（めんぶりゅう）」——佐賀県小城郡芦刈村の中島幸吉ほか二十三名。以上の七演目で、番外に奥州派の尺八で「虚空鈴慕（こくうれいぼ）」があり、全体の演目などの審査顧問は民俗学者の柳田國男と歌謡学者の高野辰之（「故郷」「春の小川」「春が来た」などの作詞者）、大会の舞台監督もかねた民俗芸能の研究家・小寺融吉という錚々たる顔触れで、十一月の二十六日から三日間にわたって開催されました。

民俗芸能と戦争の影

この会はその後、昭和十一（一九三六）年まで十回、毎春四月中旬の三日間、日本青年館で行われましたが、当時の軍国主義のますますの昂揚と、戦争への突入によって戦後の昭和二十二年まで、中断の止むなきにいたりました。大会が中断された二年後の昭和十三年、小寺は厚生省主催の会で「日本青年館は何故に例の全国郷土舞踊民謡大会を止めたのか。継続させなければいけないのでは……」と抗議されたと語っていますが、当時の軍部の圧力下では、一人の学者の意見など通るわけなどありません。

私の新聞の古いスクラップ（昭和五十年一月二十日付朝日新聞「談話室」）から、こんな記事ができました。「室町時代から続いてきた伝統ある民俗芸能なんですが、伝承者がいなくて行事の存続が危ぶまれています。私の若い頃は舞う人、笛を吹く人など二十人ぐらいいたんですが、上海事変で私が召集されたのをはじめ、皆つぎつぎと戦争にひっぱられちまって……」という投稿が、市川市の太田左金吾（六十六歳）さんからありました。この獅子舞、現在どうなっているのか、国府台天満宮の鈴木宮司さんに尋ねてみました。「当時の神社総代であった太田さんも今はすでに亡く、獅子舞も再興できず、きわめて残念」との答えが返ってきました。猿の面も使った珍しい獅子舞で、毎年十月の例大祭では使われた獅子頭や面などの公開がされているそうです。

秋田の西馬音内盆踊
（第９回全国民俗芸能大会［昭和10〔1935〕年］冊子より）

以後、中断となった第十回目の昭和十一年のこの大会の演目は「沼隈踊」——広島県山南村の箱田睦夫ほか二十五名。東京「三宅島の唄と踊」——江島節と姉ヶ潟節など十二曲を森下つるほか十九名。「対馬の唄と踊」——長崎県久田村の庄司源太郎ほか六名が、府中節と田舎節など十曲。「やがえ節」——富山県高田市の鍛冶小八郎の指揮で喜多万右衛門ら十六名。「延年の舞」——岩手県平泉村の穂積慈玄ら二十五名。「網干音頭」——兵庫県網干町の不二重子ら三十三名の〈えびや甚九〉〈おどり姿〉の五演目。さらに特筆すべきは、この十年間に出演された方々のお名前すべてが、毎回の冊子にすべて記載されていることです（ここではその代表者のみを記しました）。

この十年間に演じられた民俗芸能の演目は、「郷土舞踊と民謡の会」というタイトルにふさわしく、民謡が三十一公演、風流系（きらびやかな衣装で歌い踊り、楽器を奏し山車を引いたりして練り歩くもので獅子舞、盆踊り、田楽、太鼓踊りなど）の公演が二十八演目。祝福芸などが八演目となっていました。

「郷土舞踊と民謡の会」の生まれた背景

この会の第一回目が、大正十二（一九二三）年の関東大震災から二年目で二十万人が死傷、四十万戸が焼失して、世相のまだ落ち着かないこの時期に開催されたのはなぜでしょうか。日本青年館の竣工記念というのが、理由のまず第一ですが、それにしても大規模な大会です。

このことについて、柳田國男、高野辰之とともに顧問で舞台監督にあたった小寺融吉は、明治期に弾圧された盆踊りが、大正期にはいってその力を弱めたことと、地方の有力者や識者が世論に訴え弾圧そのものの不当がひろく認識されてきたからだと語っています。

もともと盆踊りへの禁令と弾圧は、江戸時代初期の慶安、そして延宝の頃から将軍家のお膝下の江戸から始まったといわれています。中には殿様を大いにほめさせるなど、支配者側の立場から保護奨励し人心の掌握に努めたところもあります。郡上音頭、福知山音頭の歌詞などに、それらが垣間見えますが、むしろそれは当時の歌舞を遺そうとする農民たちの苦肉の策だったのかもしれません。しかし盆踊りは風紀の紊乱をまねき、民心を怠惰と放埓へ引きこむものとしての取締りがおもな理由でした。

幕末をへて明治に入ってからも「警官の目を盗んで秘密に踊るもの、捕えられて警察に引致される者、それを取り返すため警官と格闘する群衆等々、祖先が旧藩時代に経験した事を明治になって繰り返した」と小寺は語っています。盆踊りの禁止とは、同時にそこで歌われる民謡、盆唄りの衰退、消滅をも意味します。

こうして復権してきた盆踊りを大正期の学者、研究者、郷土史家たちが力強くささえ、大正二年に民俗学、郷土研究の先駆けとなる雑誌『郷土研究』が、同七年には『郷土趣味』（〜十四年）『土俗と伝説』と続き、大正十四（一九二五）年には『民族』（〜昭和四年）が、以後、柳田國男、折口信夫、小寺融吉らの「民俗芸術の会」の発足（昭和二年）もあり、機関誌『民俗芸術』（同三〜七年）が刊行され、『旅と伝説』（同三〜十九年）や、『民俗学』（同四〜八年）へと続きます。

現在の「全国民俗芸能大会」の源をさぐると、第一回目の「郷土舞踊と民謡の会」が、このような当時の民俗学（民謡・民舞研究など）の盛り上がりと、各地で行われた盆踊りや祭礼、行事など、庶民の熱気を背景にして開催されたことがわかります。

最近十年間の演目と内容

大正十四年に第一回の「郷土舞踊と民謡の会」を好評裡に終えたその翌年、第二回大会の冊子の後記に、「本年からは毎年春の行事として行うことになりました。本年の申し込みは数十種に上がりました」が、その中から限られた時間内に上演しうる数種を審査して、選んだその基準は

「なるべく由緒の古い郷土色の濃厚なもので、豊かな芸術味があり、しかも本館の舞台に上演されうる」ものを選んだとあります。たしかにそのほとんどが社寺や野外で行われた風流系の郷土芸能（太鼓踊、獅子舞、念仏踊、盆踊り、仮面行列、山鉾、山車など）や海上での祭礼など、屋内の劇場などの舞台では上演不可能なものが多々あります。ここでは全国各地の民俗芸能を最大限、屋内の舞台で再現するという苦労と熱意が感じられます。

しかし、平成に入って最近十年間に開催された、この公演の冊子をみると、演目が大きく変わってきていることに気づきます。この会の名称自体が、現在では「全国民俗芸能大会」と改められているように、圧倒的に風流系の芸能が多く、民謡自体はわずかに五公演（第五十回・牛深ハイヤ節――熊本県牛深高校郷土芸能部、第五十一回・伊江島砂持節他――東江上村有志、第五十二回・白川こたいじん他――岐阜県白川村萩町民謡保存会、第五十五回・節田まんかいと島唄――鹿児島県笠利町同保存会、第五十八回・駒衣の伊勢音頭――埼玉県美里町同保存会）となっています。また、祝福芸その他は八演目となっていました。

たしかにすでに今、民謡は民俗芸能を離れ、全国的な民謡大会を東京はじめ各地で、江差追分、八木節、津軽五大民謡、生保内（おぼない）節など曲目別の大会なども賑々しく開催するなど、独自の発展をとげてきたかもしれません。しかし郷土芸能には必ずといっていいほど、そこに民謡がうたわれます。民謡界がこうした民俗芸能、郷土芸能により深く接近していけば、日本の民謡の世界にも、新たな展望が見えてくるかもしれません。また郷土芸能の側でも、民謡界からの親密な提携があれば、そこにより広遠な今後の展望が見えてくるのではないでしょうか。

民俗芸能の今後

いま全国各地で民俗芸能の歌と踊り、お祭りを楽しみつつ、その継承と発展に努めている方々のご苦労に注目したいと思います。たとえば岐阜県の郡上踊、富山県八尾の風の盆、秋田県の西音馬内盆踊、徳島県の阿波踊、埼玉県秩父の夜祭り、岩手県の鬼剣舞、佐賀県の面浮立など全国の市町村で、おそらく一千ヶ所ほどの実行委員会や保存会が存在していると思われます。

私の比較的身近な場所での例をあげてみます。「東京の民謡を歌い継ぐ会」は昨年（二〇〇九年）二十五周年記念の特別講演を盛大に行いました。新潟県の「長岡瞽女唄ネットワーク」は今年で二十周年をむかえます。千葉県の「市原ふるさと芸能フェスタ」は市原市で今春十六回をむかえますが、これは市内の民謡、民舞、郷土芸能の会による大規模な合同公演です。市原では、このほか年一回の民謡コンクールが、今春（二〇一〇年）で二十八回目をむかえます。

前述した曲目別民謡の全国大会、また日本民謡協会、日本郷土民謡協会などの主催による全国大会、地方大会などもあります。

しかしテレビ放送はNHKのみ、それも月に一回か二回でめっきり少なくなりました。ラジオやテレビだけではありません。全国の民俗や芸能や民謡などの情報や研究を伝えたかつての雑誌の隆盛ぶりは、現在ではみることができません。

おわりに

この大会の主催者が、例年アンケートを集計されています。保存会等活動実態調査票です。「芸能を保存継承していく上での困難は」という設問にたいして、ここ十年間の出演団体がひとしく指摘するのは圧倒的に「後継者の減少」でした。「過疎化」「地元の無関心」「財政難」などが後に続きます。運営資金も「補助金」「花代」で多くを占められています。

過疎化や市町村合併などで消滅しようとしている集落は、いま全国で六万二千ある集落のうち二千六百にも達するそうです。この現状に追い討ちをかけるように、米穀類、果実類の輸入規制緩和、減反政策などで、全国で三十九万ヘクタールという、埼玉県全土に匹敵する耕作放棄地が出現し、日本の農業はいまや瀕死の状態です。民俗芸能、郷土芸能、日本民謡などの古来からの母胎であった、この日本の農山漁村の再生と復興が強くのぞまれています。

参考文献

「郷土舞踊と民謡①〜⑩」日本青年館　「民俗芸能⑧〜⑨」同刊行委員会　『民謡に生きる　町田佳声八十八年の足跡』竹内勉　ほるぷ　『郷土舞踊と盆踊』小寺融吉　桃蹊書房　『日本の祭り文化事典』星野紘　芳賀日出男監修　東京書籍　『芸能辞典』河竹繁俊　東京堂　『日本民謡大事典』浅野健二編　雄山閣

太鼓打芸の原点を聴く

太鼓打芸は、アートである前にまず音楽でなくてはならない。音楽とは文字通り音を楽しむものであろう。そのために音楽とは聴衆にとって、つねに①堅苦しくなく緊張を強いないこと。したがって②リラックスして聴けること。③聴いていて楽しいこと。その結果として、悲しみや怒りの感情さえも優しさや喜びに転化させうる力を、すぐれた音楽はそなえ持つ。この観点を座標にすえて多くの音楽を聴いていくと「そうであるもの」と「そうでないもの」とがおのずと判明してくる。こうして見ると、国立劇場の「日本の太鼓」も二十五回をむかえ、ある意味での曲がり角にさしかかっているようにみえる。

演奏するママディ・ケイタ（中央）

　日本の太鼓打芸はもともと神楽や祭り囃子、年中行事など、きわめて庶民的、大衆的な地点から生まれてきたものだ。こうした庶民的な日本音楽の中にあって「和太鼓」こそ、つねに民衆の生と死、五穀豊穣、悪疫退散など、その時代の民衆の願いとともにあり、その感性をゆさぶり力強く鼓舞してきた。

各地の和太鼓について、西角井正大（にしつのいまさひろ）氏の分類による太鼓打楽・複式複打の組太鼓、単式単打の一人打ち太鼓という視点でみていくと、①各地に伝わる年中行事の祭太鼓、神楽太鼓。②林英哲らに代表される単打芸。③創作組太鼓（残波大獅子太鼓、鼓童、鬼太鼓座（おんでこ）、天邪鬼（あまのじゃく）、東京打撃団、GOCOO、風流打楽・祭衆、荒馬座など）に分けられる。そして①～③のグループそれぞれが、いま抱えている問題は、①においてはその後継者育成の問題。②においては和太鼓の単打芸と他楽器とのセッションの問題。③においては企画と創造の問題。これが全体として曲がり角にあり、それぞれが抱えている問題にもなっている。

しかしこうした問題解決のカギは、意外と今回公演のアフリカはギニアの「ママディ・ケイタ&セワカン」のグループ演奏に秘められているようだ。彼らの演奏にみる底抜けに明るい大衆性、きたえられた高度のテクニックが醸しだす芸術性、それこそ国境を越え民族を超えた太鼓だ。人々の心を打ち魂をゆさぶる彼らのこの太鼓打芸のなかにこそ、そのカギが秘められているように思われてならない。文明の悪しき害毒におかされることなく、本来の音楽を謳歌する「太鼓打芸」の原点を、彼らの音楽のなかに聴いた。それはまさしくアートだったからである。

（「日本の太鼓」国立劇場・二〇〇一年九月一日）

「日本の太鼓——歓喜乱舞」を見て

今回はじめて、この「日本の太鼓」に参加した「OSAKA打打打団天鼓」の演奏は、観客の意表をつく開幕前のパフォーマンス、それは、一本の太鼓のバチからはじまった。床をたたき渇いた音を発するバチ、打ち手の姿は黒幕に隠れて見えぬまま、一本が二本に二本が四本に四本が十四本にと、次第に床をたたく音もリズミカルに増幅していく。文句なくおもしろい。

平均年齢二十五歳という新進の太鼓集団「打打打団」がみせたこの場面に、かれらの太鼓打芸によせる攻撃的意図をかいま見る思いがした。韓国の太鼓打法も取りこんだ音の強弱・高低・大小そして間など緩急自在のリズムを駆使し、さまざまなパフォーマンスをまじえつつ、かれらの打芸を見せ聴かせてくれた。そこに新たな太鼓道の創造へと立ち向から、若き挑戦者たちのさわやかな姿をみた。

「鳳凰の舞」は群舞と太鼓の連打、掛け声などにより、古式ただよう村祭りの息吹を今に伝える民俗芸能である。戦争で一時中断、戦後に復活し、西多摩郡日の出町の地元鎮守社・春日神社で、五穀豊穣、悪疫退散などを願い、毎年九月の秋祭りに舞い踊られている。花がさをさした風流踊りの優雅な雰囲気や、この祭りのしっとりとした味わいも、私たちに何かしら故郷（ふるさと）をつよく実感させてくれた。

ご存じ「阿波踊」は、毎年徳島市で八月のお盆に行われる夏祭りだが、今や県外各地でも行われるようになった。この阿波踊の特徴は、その踊り・音楽（ぞめき）・唄（よしこの節と囃子）の三つにある。今回の公演は祭りの舞台上での再現でその雰囲気をよく伝えていたが、貴重な「よしこの節」が聴かれなかったのは残念だった。

早弾きの三味線の軽快な二拍子のリズムと、ゆったりとした節まわしで唄う「よしこの」の、取り合わせの妙もまた阿波踊の大きな魅力の一つだからである。またこの「ぞめき」とは、三味線がかきたてる陽気で浮きたつリズム、体中の血が沸きたつリズムのことで、ここには何かしら幕末期、阿波一帯から波及拡大していった「阿波ええじゃないか」の民衆運動を想起させるものがあった。

「青森ねぶた囃子」は、東北の短い夏を一気に明るく盛りあげる祭り囃子である。本来は「ねぶた流し」「眠り流し」といって川や海に、笹飾りなどを流す精霊（しょうろう）流しの年中行事であったのが、しだいに町の大通りを『三国志』や『水滸伝』『鳴神』などを描いた巨大な灯籠をしつらえて踊り流す「ねぶた」となっていった。

この踊りに参加する踊り子を「跳ね人（はねと）」といい、勇壮活発なリズムに合わせて、「ラッセラー　ラッセラー　ラッセラッセ　ラッセラー」と叫びつつ、文字通り跳ねて踊りまくるのである。その熱気と迫力には、すさまじいばかりの民衆のバイタリティーが感じられた。公演終了後、劇場の前庭で実物の『勧進帳』のねぶたを前に踊る　跳ね人たちに一般観客も加わり、最後まで楽しく踊りまくっていた姿がつよく印象に残った。

（「日本の太鼓」国立劇場・二〇〇五年九月三日）

生命の賛歌「空海千響」

太鼓とは古来より人びとの願い（メッセージ）をこめて、打ちたたく祈りの楽器であった。大太鼓自体、今日ではほとんどが雌牛と欅（けやき）という二つの生命によってつくられている。三尺の大太鼓を草原でたたけば、およそ一里ちかくもその音は響き渡るといわれている。それが今回の「日本の太鼓」三十回記念公演「空海千響」では、英哲風雲の会によって九基の大太鼓が打ちたたかれた。林英哲がそこにこめた願い、伝えたいものは何であったのか。公演のタイトルともなった「空海千響」から察すると、それは宇宙と大自然に生命をうけた万物によせる壮大な賛歌であろう。この地球上ではすべての万物が響きあいリズムをもって生きている。「どんな生命も

「空海千響」を演奏する林英哲

生きるに足る価値がある」とは、プログラムに記された英哲の言葉である。

はじめに演じられた滋賀県の「朝日豊年太鼓踊」は干ばつのさい、村人が神社の境内で円陣をくみ、太鼓を打ち笛を吹き鉦（かね）を打ち鳴らし、総出で降雨を祈願する踊りである。だが昨今のような世界的な温暖化現象による集中豪雨、異常な干ばつ、国内稲作農業の切り捨てにあっては、祈りのしようもないだろう。

岩手県の「梁川鹿踊（しし）」は念仏供養、五穀豊穣を祈り、鹿の頭をかぶり締太鼓を腹に抱き、長いササラを背負った八頭の鹿がみずからはやし歌い踊るもので、この太鼓からは同じ岩手の鬼剣舞（おにけんばい）の太鼓と同様、まさしく宮澤賢治の詩にある「ダッダダダスコダッダ」の豪壮闊達なリズムが聴こえてきた。千葉県の「佐原囃子」は各町内から曳きだされる山車のうえで演じられる笛、太鼓、鉦による祭り囃子で、いかにも江戸風の粋な風情を感じさせる。また山口小夜子の舞は、一枚の大きな紗布をもちいて、新谷祥子のブルースニクなマリンバ、パーカッションの演奏を背に、あたかも四人のような現代人の不安、深い悲しみと怒りを感じさせた。

「散華（さんげ）」とは、彩色した紙製の蓮の花びらをまき散らしながら、旋律をつけたお経（声明（しょうみょう））を唱えて行う仏の供養をいう。公演では真言宗豊山派の四人の僧侶が、あたかも「人体もまた楽器である」かのような深遠な声明を聴かせてくれた。散華という言葉は戦時中、特攻などの戦死者を語るとき「華と散る」ものとして使われたが、それはまったくの誤った解釈であると『広辞苑』には書かれている。

この公演全体の構成は、民俗芸能、伝統芸能、創作芸能の取り合わせが非常にたくみに融合され、色彩感豊かな舞台効果とともに共感できるものであった。また公演のタイトル「空海千響」からも考察されるように、演出全体に林英哲の空海の自然観、宇宙観への共鳴が深く感じられた。その空海が記した『風信雲書』をまつまでもなく、昨今は格差の拡大、戦争の危機など社会不安が蔓延（まんえん）し、世界はまさしく風雲急を告げている。本公演の最後、英哲はじめ九人の円熟した「空海千響」の演奏後、観客の鳴りやまぬ拍手のなか、天上から舞い散る散華のなんと優美で華麗であったことか。これまで三十回にわたる「日本の太鼓」公演を記念するに、まことにふさわしいフィナーレであった。

（「日本の太鼓」国立劇場・二〇〇六年九月二日）

「大地千響」をみる

秋恒例の国立劇場の和太鼓公演は、好評だった昨秋の「空海千響」につづき、「大地千響」と題しておこなわれた。今年、和太鼓奏者としてのソロ活動二十五周年を迎えた林英哲の演出によるものである。

公演では日本のリズム奏法のなかでもきわめて難しいとされる、岩手県の早池峰（はやちね）神楽の奏法を取りいれた英哲の新曲も演じられた。同時に地元岳（だけ）神楽保存会の面々による笛、鉦（かね）、太鼓のにぎやかな神楽、地霊を踏み鎮めつつ力強く躍動する「天降り（あまくだり）」の舞も披露された。

「大地赫々（かっかく）」は、オーストラリアの先住民アボリジニの血をひくマシュー・ドイルと英哲のデュオ。ドイルの奏するディジュリドゥは、白アリに食われて空洞となったユーカリで作られた太さ十数センチ、長さ二メートル近くもある笛で、ブオー、ブオーという大きな地響きのような低音と心ゆさぶる振動……。世界最古の管楽器といわれるディジュリドゥ。その神秘的なサウンドに英哲の和太鼓がくわわり、ともに大地のいのちとアボリジニの民族の魂を奏でているようであった。

タイコーズは、十年前オーストラリアで結成された和太鼓グループ。太鼓奏者イアン・クリワースをリーダーとしてシドニーを拠点に海外でも大いに活躍している。その楽天的なリズム、音の高低、強弱、緩急自在なサウンドにくわえ、餅つきや木遣り、津軽のねぶたを思わせる日本的な掛け声や所作を大胆に取りいれている。軽業師のような軽快な身のこなし、ダイナミックな撥（ばち）捌（さば）きもバイタリティーにあふれ国境などというものを忘れさせてくれる。

また林英哲、木乃下真市、土井啓輔の三人による「山越え」「しぶき」は、いわゆる前衛的自己中心的な演奏に陥らず、むしろ生活感にあふれ、それでいて繊細でしかも祭礼の楽しい雰囲気すら感じさせてくれた。まさしくそれは「打つ・弾く・吹く」の三つの日本楽器がピタリと息をあわせ、それぞれの特徴を十分に生かした熱い共演だった。この三人のセッションは、アートと祭りの屹立（きつりつ）する境界を、みごとに渡りきった数少ない例となろう。

組曲「澪（みお）の蓮」は戦前、日本統治下の朝鮮へ渡り植林事業に貢献し、一方、朝鮮の民芸と工芸を深く愛し、現地の人々とともに暮らし、彼らに心から慕われて亡くなった、浅川巧へ捧げる英哲のオマージュ（賛歌）である。ソウルで行われた巧の葬儀は、地元韓国の人々が十重二十重（とえはたえ）に詣でて、参列者は引きも切らなかったという。その浅川巧へ捧げる経文かご詠歌のように、小刻みに叩かれる和太鼓。そのフィナーレは巧の柩をかつぎ、しずしずと舞台から消え去る英哲風雲の会のメンバー。私には今日の韓半島の人々へ捧げる英哲の平和への強い祈願と聴きとれた。

（「日本の太鼓」国立劇場・二〇〇七年九月一日）

瞽女さんからのメッセージ

ひと足おそく、やっと桜も開花した四月の末、長岡のリリックホールで越後の伝統芸能・瞽女(ごぜ)唄を聴く会がひらかれた。昨春百五歳で亡くなった最後の瞽女・小林ハルさんを追悼しての会で、直弟子の竹下玲子さんとそのお弟子さんたちによる「瞽女唄」の供養が行われた。

唄の節回しは単純にきこえるが、一人一人の唄声がじつに個性的で、それが物語に多彩な陰影をなげかけているように思えた。そのなかで高校生の佐々木理恵、金川真美子のお二人の、瞽女唄後継者としての若々しいうた声が注目された。

瞽女とは室町期、江戸中期より、越後はもとより関東、東北各地へ門付けして歩いた盲目の女旅芸人のことで、明治の中ごろには越後全体で七百人ほどいたといわれ、そのうち四百人が長岡を拠点とした瞽女集団であった。

小林ハルさんは、明治三十三（一九〇〇）年、三条市の農家に生まれてまもなく、両目を失明し五歳時から瞽女の修業にだされた。七歳から二十一歳になるまで、指先から血を流しながらの厳しい三味線の稽古にはげみ、信濃川の河川敷で早朝から深夜まで、文字通り血を吐きながら瞽女唄の修業につとめたという。

三、四人が一組になり、手甲脚半わらじ履きで杖をつき、近郷の農山漁村はもとより、遠く関東、江戸、東北、北陸にまで一軒一軒門付けし、三味線を弾き唄をうたい生活の糧をえてきた。

そこでうたわれる唄は「葛の葉」「山椒大夫」「八百屋お七」「巡礼おつる」のような段物の祭文(さいもん)松坂（口説(くどき)にしたもの）や、新保広大寺系の民謡や祝い唄であり、いずれもそこに庶民の哀歓をつよくにじませたものであった。瞽女さんたちが伝えるそれらの唄は全国各地に根をおろし、やがて八木節、津軽じょんがら節、道南口説などに生まれ変わっていった。いわば日本の民謡、歌謡文化にとって、彼女らはその原点にあり、伝播者としても重要で貴重な役割を果たしてきた。

また、「瞽女と瞽女唄伝承」と題するシンポジウムでは、長く小林ハルさんに関わってきた川野楠己さん（元NHKディレクター）が、盲目・女・旅芸人という厳しいハンデを背負いながら、時代を必死に生き抜いてきたハルさんの思い出を語り、ジェラルド・グローマーさん（山梨大学教授）は口説、都々逸、新保広大寺節など、江戸期の歌謡についての稀有な研究家で、アメリカから来日し初めて瞽女と瞽女唄に出合った時の驚きと、その後の研究成果を流暢な日本語で話してくれた。また鈴木孝庸さん（新潟大学教授）は『平家物語』「平家琵琶」の研究者として、とくに瞽女唄の「語り」の部分に光をあてて話された。

司会をつとめた鈴木昭英さんは、長岡の「瞽女唄ネットワーク」の会長で、民俗学専攻の立場で数十年前から瞽女と瞽女唄の研究にうちこんできた方である。貴重な庶民の文化遺産としても、越後のトキの二の舞にしてはならぬと、今この運動に情熱をそそがれている。

この国ではいま、金で買えないものはないという風潮が蔓延しているが、越後の瞽女唄にかけた人びとの情熱を目の当たりにすると、まさしく金では買えないものがここにはあった。私はこの日、明るくさんざめくこの会場に、ある瞬間、小林ハルさんら越後の瞽女さんたちの霊が、いっせいに舞いたつような感じがしてならなかった。

（長岡市リリック・ホール・二〇〇六年四月）

どっこい生きている東京民謡

二十五年前、東京に埋もれていた民謡を掘りおこし、地元の人たちに歌い継いでもらおうと「東京の民謡を歌い継ぐ会」は発足した。

その後、都内各所を巡演し公演は三百回あまり、掘りおこした民謡は二百三十曲にも及んでいる。この会のことは新聞、ラジオ、テレビなどでも大きく報じられ、近年では大みそかから元旦まで浅草・木馬亭で行われる「オールナイト民謡フェスティバル」などが恒例となり会の名物となっている。

これまで「東京にも民謡がある」といえば、ふつう「東京音頭」、「大島節」、「お江戸日本橋」などがあげられるが、その他の民謡はほとんど知られていなかった。

「お江戸日本橋」は天保年間（一八三〇年〜）に流行した「はねだ節」を原曲とした古謡であり、「大島節」も土地の古謡「よまい節」を原曲として、明治初期に歌われ始めたものである。「東京音頭」は昭和八（一九三三）年、東京市が近隣八十二町村を合併して三十五区人口五百五十五万人になったのを記念して、西条八十・中山晋平のコンビがつくった新民謡である。

東京の民謡としては「大島節」のほか「武蔵野麦打唄」「佃島盆踊唄」大島の「あんこ節」、八丈島の「しょめ節」と「春日節」などが、わずかに知られているだけである。

二十五年間にわたって、この会が採集した二百三十曲という唄の数には驚かされる。と同時に、昭和三十九（一九六四）年の東京オリンピックの開催によって高速道路建設、工業化、都市化が一段と加速し、極度に失われていった東京の田や畑、そうした状況の中でこの会が岡本一彦さんを中心として日夜、唄の採集にかけてきた労苦と情熱を思うとほんとうに頭がさがる。

いま私の手元にあるCD『東京の民謡』（東京の民謡を歌い継ぐ会・構成・解説岡本一彦）には、胴突唄や田植歌、臼引唄、機織り唄、茶摘み唄、餅つき唄など三十一曲の貴重な東京民謡が歌いこめられており、この四月に会からリリースされたCD『東京の民謡――蘇る昭和初期の唄』には、「新宿音頭」、「飛鳥山音頭」などの新民謡六曲が収められている。

さて今回開かれた二十五周年の記念公演は、何よりも人に見せるというよりも出演者、演奏者自身が楽しく歌い踊り、演奏に興じていた。それが会場全体をリラックスさせていた。元相撲取りの大至が、会の苦難の歩みをたくみに歌いこんだ「相撲甚句」は「土俵の上のシャンソンです」と言うとおり、そのノドも詞も優れた甚句であった。秋野恵子の「品川甚句」、村松直則の「海苔採り唄」「羽田節」、京極加津恵のうたう「大森甚句」からは、かつての東京湾の潮の香りが、沼田美沙紀の「十よ七」には、江戸初期から歌われている「十七節」を偲ばせる可憐な唄の風情があった。

ゲスト出演の葛西おしゃらく保存会の「高砂そうだよ」「新川地曳き」「白枡粉屋」は、ふだんはめったに見られぬ民俗芸能のお披露目となった。もともと「おしゃらく」とは幕末期、念仏供養時の余興の歌舞が素朴な農民芸となったもので、越後の瞽女さんや飴売り人の芸がくわわり、三味線や四つ竹、飴屋太鼓などにのせて賑やかにうたい、派でな襦袢（じゅばん）姿で踊られるようになったものである。演目の一つ「白枡粉屋」は、本来千葉県山武（さんむ）郡（現・山武市）芝山につたわる芸能だが、これが元唄となって仙台地方でうたわれる民謡「おいとこそうだよ」になっていったもので、日本民謡史のうえでも貴重な芸能である。

欲を言えば歌舞の間に、短く構成された民謡ミュージカルなどの出し物もほしかった。たとえば昨秋、赤羽公演で行われた同じ村松政則の「千住節物語」のように唄入りの懇切な民謡解説が、今回の品川公演にもあればと思われた。しかし昔懐かしい郷土芸能の獅子舞あり、小中学生グループの威勢のいいタキオ・ソーランあり、「かっぽれ」や民舞の専門家集団、そしてベテラン佐々木壮明による津軽三味線の曲弾きあり、この会の二十五周年記念にふさわしい充実した公演であった。

（東京・大井町きゅりあん大ホール・二〇〇九年四月十八日）

中世農民の生きる熱気

二〇一〇年十一月二十日、東京の日本青年館で全国民俗芸能大会が開催された。毎年秋に行われてきたこの大会は大正十四（一九二五）年、日本青年館の竣工を記念して始められた「郷土舞踊と民謡の会」に由来する。しかし一九三七年の日中戦争、一九四一年の太平洋戦争により中断、五〇年になって「全国民俗芸能大会」として再開され、それが今回の六十回を記念する大会となった。あの戦争さえなければ、本来は八十五回を数える民俗芸能の一大祭典となっていただろう。各地の伝承芸とその継承者の消滅など、二十五年間の損失は計り知れない。しかし今回その空白を乗り越え、各地の心ある芸能者団体によって継承された民俗芸能が熱気をこめて披露された。

演目は全国五か所から、いずれも国の重要無形民俗文化財に指定されている。日本の農林水産業荒廃の危機が叫ばれている今日、演目のほとんどが郷土の田畑の五穀豊穣、満作を祈願する田楽であり、田植踊りであったことは偶然ではない。私には田の神、山の神など民衆の神々も加えた農民たちの一大デモンストレーションに思えた。

「天津司舞（てんづしまい）」は、中世・鎌倉期の傀儡（くぐつ）人形を古来の型で操作し、甲府の諏訪神社境内で奉納して見せたもので、その所作は能の動きによく似ている。太鼓、笛、鼓、ビンザサラ（数十枚の木片の上部を束ねた特殊な楽器）で合奏される音もまことに悠長で、中世の雰囲気を伝えていた。

「那智の田楽」は和歌山・那智大社に伝わる田楽で、金色に輝くビンザサラ、太鼓、鼓、笛が中世の音楽を奏で、楽殿での踊りも平安後期から鎌倉期の古型を強く感じさせる。しかも二十一曲と番外のシテテン（鼓役）の舞いを加えた公演時間は四十五分という気の遠くなるような悠長さ。慌ただしく生きる現代人のリズム感と生活のテンポとはほど遠く、今回演じられた田楽や田舞からは、中世の民衆のゆったりとした息遣いが感じられた。

「武雄の荒踊り」（佐賀県武雄市高瀬）

今は戦争も、ボタン一つで大量殺戮するという卑劣で野蛮な時代である。中世はどうか。「われこそは」と対面して名乗り、刀を抜いて戦うか、近距離での弓矢の合戦、応仁の乱にしても十一年もかけた戦いである。その間、都市と周辺の民衆は疲弊困窮したが、多くの農山漁村の民は田畑を耕し、鳥獣を狩り、魚介類をあさり、細々とながらたくましく生き続けてきた。そこにこそ中世に生きた人々の生活のリズムがあるのではないか。

こうした中世のリズムを舞い歌う田楽座集団が猿楽座集団へ、やがて世阿弥の能楽の誕生へと転進していくことになる。

うってかわって、「山屋の田植踊」には、鍬を持つ女装の若者らと狂言回しの道化役がコミカルに振る舞い、笛、太鼓、すり鉦でにぎやかにはやし立てる村祭りの楽しさがあった。

「武雄の荒踊り」は鬼面をかぶった面浮立と異なるが、戦国時代に起源をもつ武雄独特の踊り浮立で、やっこ風の派手な衣装の足軽踊である。相撲踊の所作も感じられ、松尾神社の秋祭りに奉納されるが、干ばつ時には雨乞い踊としても踊られるという。総勢三十人近い舞台は一層きらびやかだった。

最後は「長滝の延年」。中世から長滝寺大寺院で行われた長寿延命を祈願する芸能である。田歌、田打ち歌も歌われ、農作業の所作が笛や太鼓でユーモラスに演じられていた。この長滝寺のある岐阜県郡上市白鳥町は、宝暦の郡上一揆にかかわる土地で、傘（からかさ）連判状を所蔵する博物館や義民記念碑もある。今回の大会が、今日の日本の農業の危機への代々農民からの心ある警告とも受け取れた。

（東京・日本青年会館・二〇一〇年一月二十日）

再生復興願う気仙沼の虎舞

昨年（二〇一一年）は3・11の東日本大震災のため中止された大会が十一月十七日、二年ぶりに日本青年館で開催された。今回は愛知県半田市の「亀崎のからくり人形」、福島県喜多方市の「下柴彼岸獅子舞」、宮城県気仙沼市の「平磯虎舞」、山口県岩国市の「山代本谷神楽」の四団体の参加であった。いずれも例年の開催にもました活力と意欲にみちた公演となった。ここでは被災地の宮城県気仙沼から参加された「平磯虎舞」について特筆したい。

この虎舞は江戸時代から三陸沿岸に伝わる代表的な民俗芸能で、漁港のある町や村では航海安全・大漁祈願・悪疫退散・祖霊鎮魂などを祈願して年々演じられてきた。各地によくみる獅子舞の頭が、虎の頭になり鮮やかな黄と黒の斑模様の胴衣装で、豪快かつ軽快に踊り歩き櫓の上でも舞われた。

この大震災で平磯地区は十八メートルもの大きな津波に襲われ、集会所をはじめ虎舞の頭など祭り道具の一切を流出しているが、今回の公演で使用された虎の頭、虎斑の胴衣装など、すべて地元と各地からの支援により新たに製作・修復されたものである。

舞台上では総勢五十名ちかくの老若男女が三十五基の大太鼓、小太鼓などを打ち鳴らし舞台せ

宮城県気仙沼市本吉町の「平磯虎舞」

ましとばかりに「平磯虎舞」が勇壮活発に演じられた。大太鼓の勇壮なリズムにのって、囃子衆からの威勢のよい「ヨーイヨーイトラダ　ヨイトラダ」の掛け声が会場の気持ちを一つにしていく。それはまさに震災からの再生復興に立ち上がる、庶民のエネルギーと気迫に満ちあふれるものだった。

舞の終わりに虎の口から「絆に感謝」の垂れ幕がつるし下ろされると、会場は拍手喝采。当日の圧巻となった。

少子高齢化、過疎化、財政難などで厳しい状況に立たされている農山漁村での民俗芸能の継承は、ただでさえ困難をきわめているのに、被災地東北からの本大会への出場は、多くの人々に励ましと復興と再生への勇気をあたえてくれた。

（東京・日本青年館・二〇一二年十一月七日）

あとがき

私が「詩と民謡」について関心をもち、聴いたり調べたりし始めたのは一九六五年の春頃からでした。私は少年時代に育った秋田で聴いた民謡や、ふだん父親が口ずさむ民謡が好きでした。そんなところに、当時来日した世界的なジャズ・ドラマー、マックス・ローチとの出会いがあり、彼から民謡についての強い刺激と示唆をうけたことがありました。さらに当時の日本の「現代詩」の在り様（よう）に、私自身が深い疑問と反省をもっていたこともありました。私の「詩と民謡・探求の旅」がこうして始まりました。本書に収載した「ラジオ深夜便・こころの時代〈風が叫び、土が歌う〉」、「私の民謡・歌謡本さがし」は、こうした私の旅日記みたいなものです。

その後、一九九五年に『民謡の心とことば』（柏書房）を、二〇〇一年に『詩と民謡と和太鼓と』（筑波書房）を上梓し、このたび二〇一四年、やっと本書を刊行することができました。遅々たる歩みではありましたが、私の「詩と民謡・三部作」の完結となります。先の二冊は「詩と民謡」のいわば基礎編であり、本書はその応用編といってもよいと思います。私の現役時代の仕事は、前半は児童書、後半は民俗学、美術書の出版に携わったために、その著者の先生方から多くのことをご教示頂くことができました。そのために私なりの「民俗学の方法」を、「詩と民謡」の中に多少なりとも駆使しえたかと有難く思っております。

その間、私の「詩の仕事」としては、一九六一年の『昨日と今日のブルース』（思潮社）に始まり、『ブルースマーチ』（秋津書店・一九七三年・壺井繁治賞）、『つくば紀行』（青磁社・一九八一年）、そして『津田沼』（作品社・二〇〇九年）と続けてまいりました。いずれの詩集も、庶民のもつ民謡とブルースの心を底にすえたものです。同時に創立以来、五十年間かかわってきた詩人会議のめざす「詩的実践による詩と現実の変革」という命題も、創作のかたわら私は忘れたことがありません。二〇一四年のいま、消費増税、秘密保護法、憲法改悪、原発再稼働などなど、社会が急速に劣悪化していく気配が濃厚です。私に残された時間はわずかですが、せいぜい「老いの火」を燃やし続けてまいりたいと思います。

おわりに本書の上梓にさいして、格別のご配慮を頂いた、みんよう春秋社・社長の鈴木まさよさん、また版元の作品社社長・和田肇さん、難しい編集を担当してくださった増子信一さん、そして詩人会議の秋村宏さんに、心よりの感謝の念をのべさせて頂きます。

二〇一四年春

佐藤文夫

【初出一覧】

第一部

祭りと民謡……「みんよう春秋」二〇一三年三月・五月・七月

よみがえれ！　新保広大寺節……「みんよう春秋」二〇〇三年九月

日本の酒造り唄……「みんよう春秋」二〇一一年一月・三月

江州音頭……「みんよう春秋」二〇〇五年九月

木更津甚句……「みんよう春秋」二〇〇二年五月

震災と民謡……「みんよう春秋」二〇一二年三月

第二部

「〈風が叫び、土が歌う〉こころの時代」ＮＨＫラジオ深夜便……二〇〇六年十一月二十三日・二十四日放送

鯨はどのように唄われ、どう書かれてきたのか……「詩人会議」二〇〇九年十一月号（同年七月、「詩人会議　夏の詩の学校」〈長門市〉）

佐渡の盆踊り唄……「詩人会議　夏の詩の学校」（佐渡市）、二〇一一年七月

三国・芦原周辺の民謡について……「詩人会議　夏の詩の学校」（福井）、二〇〇三年三月

下田の民謡……炎樹・セミナー（下田市）二〇〇三年十月

蛍はどう歌われてきたか……「星座」冬号（かまくら春秋）、二〇一一年一月

添田唖蟬坊と演歌……「詩人会議」二〇〇九年三月号、秋の文学散歩二〇〇八年十月

私の民謡・歌謡本さがし……「日本古書通信」二〇〇八年一月・二月号

第三部

全国民俗芸能大会の六十年……「みんよう春秋」二〇一〇年三月
太鼓打芸の原点を聴く……「しんぶん赤旗」二〇〇一年九月十八日
「日本の太鼓――歓喜乱舞」を見て……「しんぶん赤旗」二〇〇五年九月十六日
生命の賛歌「空海千響」……「しんぶん赤旗」二〇〇六年月十四日
「大地千響」をみる……「しんぶん赤旗」二〇〇七年九月十一日
瞽女さんからのメッセージ……「しんぶん赤旗」二〇〇六年五月十七日
どっこい生きている東京民謡……「しんぶん赤旗」二〇〇九年四月二十八日
中世農民の生きる熱気……「しんぶん赤旗」二〇一〇年十二月十一日
再生復興願う気仙沼の虎舞……「しんぶん赤旗」二〇一二年十二月十日

佐藤文夫（さとう・ふみお）

1935年東京都生まれ。

1980年から1995年まで、岩崎美術社社長をつとめる。

詩人会議、日本現代詩人会会員。炎樹同人。

詩集に、『昨日と今日のブルース』（思潮社、1961年）、『寂しい女』（静岡豆本、1961年）、『ブルースマーチ』（秋津書店、1973年、第2回壺井繁治賞）、『つくば紀行』（青磁社、1981年）、『詩集　津田沼』（作品社、2009年）など。評論に『ブルースがマーチになるとき』、（新芸術社、1964年）、『民謡の心とことば――詩と民謡』（柏書房、1995年）、『詩と民謡と和太鼓と』（筑波書房、2001年）など。

民謡万華鏡　祭りと旅と酒と唄

2014年5月20日初版第1刷印刷
2014年5月25日初版第1刷発行

著　者………佐藤文夫
発行者………髙木 有
発行所………株式会社 作品社
〒102-0072　東京都千代田区飯田橋2-7-4
TEL.03-3262-9753 FAX.03-3262-9757
http://www.sakuhinsha.com
振替口座00160-3-27183

印刷・製本………シナノ印刷株式会社

ISBN978-4-86182-478-4 C0092